檸檬水戰爭3

神祕情人節

文 賈桂林・戴維斯
圖 薛慧瑩
譯 趙丕慧

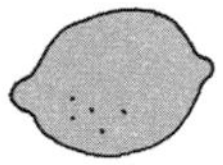

獻給崔西・亞當斯

這位經紀人有一顆像房屋一樣大的❤

而且她還是情人節出生的喔，加分！

目錄

1

鈴！

鈴！

擬聲詞（onomatopoeia，名詞）：一個字詞的發音就像是某個物件會發出的聲音，比如說嘶嘶叫、叮叮噹噹、嘩啦啦。

要是伊凡知道後來鞋盒裡會放什麼，他可能不會介意需要費心裝飾。

可是現在，他討厭的瞪著盒子。

他最討厭這種作業了——把設計圖剪下來，再貼上去。要用到剪刀、紙張、彩色筆、膠帶的事他都討厭，再說，他幹嘛要**裝飾**鞋盒啊？

「可以借我嗎？」潔西在走回自己的小組時問。她指著伊凡桌上的尺，手裡還拿著她裝飾的鞋盒，四個面和盒蓋都貼了紅色圖畫紙，盒蓋上的四個長條還貼了剪成波浪形的白紙條，整整齊齊，粗細一致。

「幹嘛？你不是做完了？」伊凡反問。

「才沒有！」潔西說，「我做了螺紋要貼四個面，做了花和心要貼蓋子。」伊凡探頭看潔西的桌子，她的那一組就在他隔壁。她的桌子上整整齊齊排了四個完美的螺紋，四朵紙玫瑰，二十顆一模一樣的心。潔西把裝飾畫得十足精準，簡直像是工廠製造的。

就是在這種時候，伊凡會希望他妹妹沒有跟他同班。潔西的數學好、作文好、科學好，幾乎每一門功課都好。她甚至跳過了三年級。她為什麼非要這麼聰明不可？

伊凡有點垂頭喪氣的坐在椅子上。「要用就拿去啊。」

潔西伸手去拿尺，又說：「你弄得好隨便喔。你應該要剪整齊一點。要不要我幫你？」

「不要，不用你幫忙，完美小姐。」

潔西聳聳肩。「隨便你。」說完她就回座位了。

「你的盒子上要貼什麼？」梅根問他。她剛才把自己的鞋盒拿給歐佛頓老師看。梅根的座位在教室的另一邊，她走向伊凡的桌子，長馬尾晃來晃去的。

伊凡覺得臉好燙。他的鞋盒裝飾得亂七八糟的已經夠慘了，偏偏還引起梅根．莫里亞堤的注意。

「不知道，」他說，「我不喜歡花啊心啊那些。」

「我也是。」梅根說，「我把盒子上貼滿了貓咪。你看，這一隻很像藍斯頓！」梅根指著盒子上的一個圖案，幾乎跟歐佛頓老師的貓一模一樣。藍斯頓是一隻二十一歲的灰色波斯貓，胖得不得了。教室裡到處都是他的護貝照片，嘴巴裡吐出各種對話框，寫著**酷貓愛念書**和**簡單的機器就是一種運用動力的機械裝置，像飛機、槓桿**就像是藍斯頓剛咳出一團毛球。伊凡最喜歡的一張就貼在「每日功課」的正上方，大大的黑字寫著**無聊死了！**

「『重複利用箱』裡有運動雜誌，」梅根說，「你要不要去翻翻看有沒有棒球明星的照片？」

「嗯，算了吧。」伊凡說，因為舌頭打結而難為情。梅根和伊凡如果分到同一組，兩個人就什麼都做不好，歐佛頓老師說這是個很奇妙的問題。後來伊凡發現老師換了座位，雖然覺得失望，但是也鬆了口氣。

每次跟梅根講話，他的胃裡就有一

種怪怪的感覺，像在打結旋轉，而且每天愈來愈糟。就好像是兩年前他跟媽媽開家裡那輛老速霸陸撞上了一坨黑色的冰，車子三百六十度旋轉，最後撞上護欄。雖然沒有人受傷，車子修理之後也很正常，可是伊凡始終忘不了那種旋轉又旋轉，無法控制，只能等著撞擊的感覺，而梅根出現在他身邊時就像那樣。

伊凡走去「重複利用箱」那裡，發現裡面有好幾百張籃球明星的照片，而且還包括他最愛的拉賈・朗多（Rajon Rondo）。朗多最出名的一戰是在一場季後賽，進行到第三節時他的手肘脫臼了，可是第四節他還是單手上場比賽。伊凡很快剪了五張照片，貼在盒子的四面跟盒蓋上。

「好了。」他說，把膠水蓋好，彩色筆放回抽屜裡。

一直在講桌忙碌的歐佛頓老師看了看牆上的時鐘。「嘿，注意時間。」她拿起了書桌一角的椰鈴搖了幾下，發出了輕微的沙沙聲，表示該進行別的活動了。「我們超過時間了。現在把盒子放在桌上，到地毯這邊集合，我們要開始進行『每日一詩』。」

伊凡露出微笑。他嘴上不承認，可是除了下課之外，這是他一天裡第二個喜愛的活動。自從寒假結束後，歐佛頓老師每天都會讀一首詩——只有一首。一首正經的詩。不像去年三年級的老師念給他們聽的那種很白痴的詩。伊凡也很喜歡那些詩，每次都逗得他哈哈大笑，可是歐佛頓老師念的這些詩不一樣，很像音樂，而且會讓他內心深處響起**鈴**的一聲。

潔西舉手。「歐佛頓老師，我能不能跳過『每日一詩』，做我的報紙？」潔西在編輯班級刊物，叫做《四年〇班廣場》，已經出版了兩份，現在正在弄第三份。她準備要在下星期一出刊，從今天算起只剩一周，正好趕上情人節。時間很緊迫，伊凡知道她感覺到壓力。

「不行，潔西，我會在早上下課的時候給你時間，可是現在過來和大家一起讀詩。」每個人都盤腿坐在地毯上以後，歐佛頓老師說：「今天我要念的是康明斯的詩。」她在畫架上一面空白頁的上端寫下了E. E.康明斯。

「他還活著嗎？」大衛．科克里安問。每次歐佛頓老師介紹一位新詩人，班上的學生問的第一個問題一定是這個。有些詩人仍健在，像是那位寫樹蛙把春天之愛吞下去而導致喉嚨腫起來的詩人，或是那位寫跟朋友史班奇打籃球的詩人，可是有很多都死了。有的還死了幾個世紀了。

「他大約在五十年前就去世了。」歐佛頓老師說。幾個學生點頭。死很久了。真正出名的詩人，像威廉・莎士比亞和艾蜜莉・狄瑾蓀都死了。

「詩的題目是什麼？」莎莉問。

「沒有題目。」

「什麼意思？」潔西問。伊凡看到她的眉毛皺了起來。潔西不喜歡詩，雖然她在一年級就贏過寫詩比賽，但詩是伊凡唯一聽潔西說過自己討厭的科目。

「有些詩沒有題目，而康明斯的詩大部分都沒有題目。」

「沒題目的詩就不是好詩。」潔西說。她伸出了一隻腳，將運動鞋的鞋帶重新綁好，動作很猛。「而且E. E.是什麼名字啊？」

「是不是縮寫？」傑克問，「就像J. K.羅琳。是有意義的。」

「復活節彩蛋（Easter Eggs）！」梅根說。

「十一頭大象（Eleven Elephants）！」班說。

「額外的手肘（Extra Elbows）！」萊恩說。他就坐在伊凡隔壁，還特別用手肘頂了伊凡的胸膛一下，惹得班上同學哈哈大笑。

歐佛頓老師承認她不知道E. E.代表什麼，但是她會去查，再告訴他們。「現在，我們先來看詩。」她把畫架上的紙張翻開，露出了她先前影印好的詩。

因為是
春天
萬物
敢對付人類
（而不是相反情況）
因為是
四月
生命帶領它們自己的人
（而不是每個別人的人）
但是
最最最神奇的是
我的親愛的
是你和我
比你加我要大
（因為是我們）

伊凡瞪著詩看，幾乎不敢呼吸。他沒看過那種東西。好奇怪喔！那些字好像是石頭從懸崖上滾下來。他喜歡「春天」（Spring）跟「萬物」（thingS）押韻，而且前後兩個S那麼高大、那麼得意，好像矗立在兩邊的高塔。而且為什麼很多句子被拆成兩半？他以前都覺得文字很死板，這首詩卻讓他覺得文字也不是那麼死板不變的。你可以把字混在一起，照你喜歡的方式排列，或者拿文字來玩——就像樂高！你可以讓它們乖乖聽你的話。伊凡看著詩，覺得心裡又響起**鈴**的一聲。

潔西指著畫架。「我沒看過這麼爛的詩！」她大聲說，「那首詩全都**寫錯了**。」

「哇，」歐佛頓老師說，「你好像對這首詩反應很激烈，潔西。來，說說看你的想法。」

「裡面出現一大堆錯誤，」潔西說，站了起來，走向畫架。「萬物的S不應該大寫，最後一個字母不會大寫。還有斷句的地方沒有加連字號，也沒有『每個別人』這種說法，是他自己亂編的！」潔西的兩隻手在畫架上亂揮亂指，控訴那首詩。她舉起一隻手指筆直戳進詩的中央。「還有『我』這個字一**定要**大寫。一定要。」

伊凡點頭。規則是這樣的。

「那麼你覺得他為什麼要這麼寫呢？」歐佛頓老師問。

「因為他是笨蛋。」潔西說著回到原位，一肚子不高興的坐在地毯上。

「這個嘛，」歐佛頓老師說，「康明斯先生是哈佛大學畢業的，二十八歲就寫出了第一本書，所以我覺得他不是笨蛋。他這樣寫詩說不定有他的理由。你們覺得呢？」

四年〇班的學生瞪著畫架，有些嘴巴在動，默念著那首詩。

「他可能是在講笑話。」泰莎說。

「他可能是故意把它寫得像是小孩子寫的！」亞當說，「他可能是在用一種強烈的口氣，像上次我們寫回憶的故事你教我們的那樣。」

「他一定是匆匆忙忙寫的啦，後來又懶得檢查。」保羅說。伊凡知道保羅最討厭重謄草稿了。

「你們的想法都很棒，」歐佛頓老師說，「誰還有別的看法嗎？」

伊凡看著詩，心裡想著他剛才念詩的時候感覺到的快樂，那些混在一起的字鬆散又自由，排列在紙張上的詩句像是山崩一樣凌亂。

「搞不好，」伊凡說，「他是在說……在告訴我們根本就沒有規則……就是做事情不必要按照一定的方法，不必因為別人都這樣你就跟著這樣？對不對？」

歐佛頓老師點頭。「我認為康明斯先生就是要讓我們這麼想。規則和習俗。因為這首詩**到底**是在寫什麼？」

全班瞪著這首詩，教室裡非常安靜，只有沙鼠在籠子裡啃咬衛生紙捲筒發出微弱的沙沙聲。最後梅根慢慢舉起手，歐佛頓老師向她點頭。

「是在說愛情。」梅根說。

「答對了。」歐佛頓老師說。她把畫架上的紙翻開全新的一頁，在上面寫下：

什麼是愛情？

2 超殺

超殺

（smash，名詞）

廣受歡迎的事物，絕對的成功，風靡一時。

下課時間潔西是第一個進教室的，因為歐佛頓老師說她可以提早進教室編報紙。如果潔西可以作主，她會跳過每天的下課休息，那只是浪費時間，她寧可把時間用在讀書或是做計劃上。在外面跑來跑去？太可笑了！

說到可笑，歐佛頓老師給了他們一個新的功課：每個人都要寫一首詩，寫他們愛的東西或人。一首情詩！四年級怎麼會這麼爛啊。

潔西在自己的座位上坐下，拉出她的記者筆記簿，跟她爸爸使用的筆記簿是同一種：又薄又長，線圈裝，硬殼封面，每頁都有淡藍色的橫線。她喜歡跟爸爸用同一種筆記簿，就像是他們都在匆匆作筆記、寫文章、改變世界，讓她覺得跟爸爸比較親近。雖然她已經一年多沒看到爸爸了，而且他正在世界的另一邊。

潔西把情人節鞋盒挪到旁邊，撕下了記者筆記簿裡的四頁，擺在桌上。她拿起鉛筆，在紙上寫下下一期班刊的文章清單。

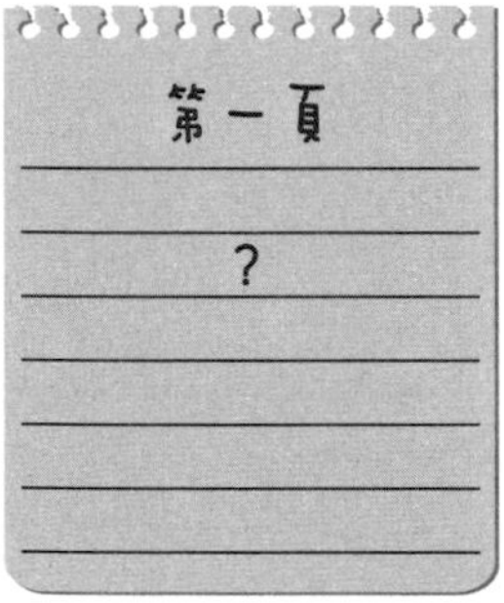

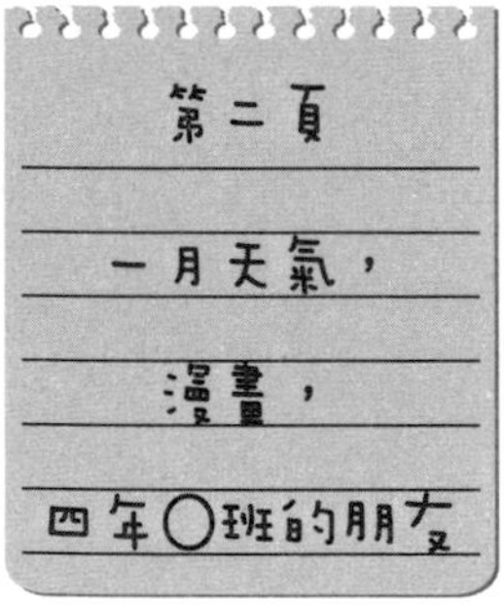

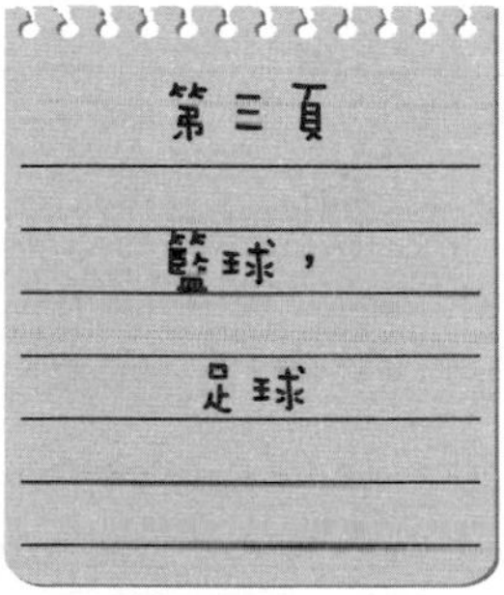

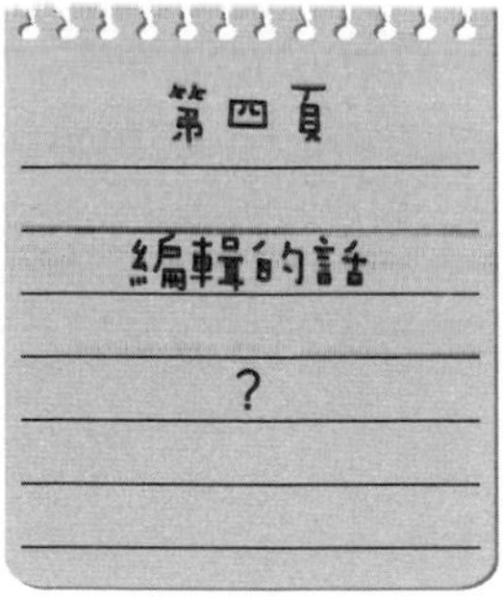

第二、三兩頁不難填滿，因為都是班刊裡固定的內容：從班上架設在體育館屋頂上的氣象站所搜集到的資料，整理成天氣報告；克里斯多福・貝創作的四格漫畫；幾個同學寫的運動報導，他們參加了鎮上不同的隊伍；還有梅根最新加入的專欄「四年〇班的朋友」，也是報紙最受歡迎的部分。

親愛的四年〇班的朋友：

我的小組裡面有一個人老是踢我的椅子，我叫他不要踢，已經說了一百萬次了，可是他就是不聽。他到底是哪裡有問題啊？

受夠了被踢椅子

親愛的四年〇班的朋友：

我媽都讓我帶我討厭的點心。沒有人願意跟我交換，那些點心爛透了。我每次都挨餓到中午。

又餓又難過

親愛的四年〇班的朋友：

我不會算分數。真的！不管歐佛頓老師教幾遍，我就是聽不懂。救命啊！

分數的天字第一號死敵

可是潔西還沒想出第一頁該寫什麼。爸爸教過她報紙的第一頁是最重要的。她需要能夠真正吸引讀者注意的東西，某種驚人又重大的事情。她決定要讓這一期的《四年〇班廣場》超殺，若要超殺她就需要一篇會得獎的頭版報導。

潔西知道自己必須做個調查報導，也就是由記者所挖掘出來那些別人都不知道的真相，然後公佈，讓世界變得更美好。潔西的爸爸現在在阿富汗，但在他當戰地記者以前是一位調查記者。他在潔西還是小嬰兒的時候，寫了一篇報導揭發了一家化學公司汙染環境，還有一名參議員收受賄賂。這篇報導讓他得了一個很重要的獎項，可是也惹火了一大堆人，有時潔西會覺得就是這個原因讓他離家的。

我難道不能去調查什麼嗎？她這麼想。**揭開什麼祕密，跟爸一樣？**真可惜她的朋友麥斯維爾①不在這裡。她是她見過最棒的間諜，也是最厲害的小偷。要是麥斯維爾在這裡，他們絕對能夠找出什麼來揭發。

我需要一個祕密。潔西心想。**而且還要一個很棒的祕密！**她不想讓頭版的報導變成大敗筆——跟上次一樣。

上一期的《四年〇班廣場》潔西訪問了弗萊契校長。史考特．斯賓塞說他**看都沒看**就無聊得快死掉了，還把報紙攤開在面前假裝睡著。大部分的男生沒有看就把報紙丟進了回收箱，有些女生把報紙拿去折紙手環。大家只談論一篇文章，就是梅根的建議專欄。潔西一想到就氣得要死。

這一次她能調查什麼？她的腦子掠過許多點子：歐佛頓老師的講桌抽屜裡有什麼東西？餐廳的熱狗會不會真的是用橡膠做的？體育老師為什麼在學期中離

① 麥斯維爾和潔西在「檸檬水戰爭」系列中的 *the Bell Bandit* 相識，中文版預計二〇一七年推出。

開？是誰讓火災警報器一月份裡響了兩次？學校的鍋爐房旁邊傳出怪味，又是誰搞的鬼？校長說是空調系統過於老舊，下雨天就會通風不良，可是男生說是校工在那裡藏了屍體，大衛．科克里安指出在體育老師消失後便傳出怪味。

可是這些神祕的事情沒有一件是潔西能夠去調查的。她又不能擅自打開歐佛頓老師的抽屜，或是到處打聽體育老師的消息——她問過，校長堅定的告訴她不關她的事——她也不能偷溜進鍋爐房。潔西聳了聳肩，想著發現屍體不知道會是什麼情況。

突然間，潔西想到了外婆幾個星期前說的話，那時她們在看電視，抗議人士占據了議會。「不先打蛋沒辦法做蛋捲。」

「那是什麼意思？」潔西當時這麼問。

「意思是，要做大事的話，就可能會掀起一團混亂。弄亂一點羽毛，或是踢起一點塵土。」潔西一臉茫然的看著外婆，「也就是說啊，潔西，你沒辦法讓每個人都開心，有時候該做什麼就得做什麼。」

「外婆，」潔西的口氣有些嚴厲，「你是在說打破規則嗎？」一想到打破規則，就讓她覺得頭暈。

「喔，規則啊，」外婆說，「等你活到了我這把年紀……」

潔西瞪著面前空白的筆記紙，想著外婆說的話。爸爸時時刻刻都在打破規則。他為了要揭開真相會鑽進籬笆底下或是偷翻垃圾桶，因為他想要讓世界更美好，因為他是英雄。

這時候史考特．斯賓塞撞開了教室門，後面跟著六個吵吵鬧鬧的同學。潔西跳了起來，活像是做了什麼違法的事情被當場活逮，結果不小心撞翻了她的情人節鞋盒。鞋盒掉下去時發出了奇異的聲響，蓋子也跟著鬆開，裡面竟然撒出了讓人意想不到的東西。

3 一個字死了

一個字死了

擬人化（personification，名詞）：賦予不具生命特質的物品或是抽象概念生命特質；描述某個物件彷彿它是活的。

糖果！

潔西的情人節鞋盒居然撒出了一堆心形糖果，現在班上所有人都忙著打開他們自己的鞋盒，而且也都發現了糖果。

「太棒了！」伊凡大喊，抓起了那一小盒有字的心形糖果。

「謝謝你，歐佛頓老師！」李妮娜對著匆匆從走廊進來的歐佛頓老師說。她剛才去了影印室，影印每日一詩。

「謝我什麼？」歐佛頓老師問。

「糖果啊！」傑克大喊，還高高舉著盒子搖來晃去，像在玩響葫蘆。

「怎麼會有糖果？」歐佛頓老師問，一臉驚訝。

「管他的。」史考特說，丟了三顆糖果到嘴巴裡，喀滋喀滋咬得很大聲。

「我可不能不管！」歐佛頓老師拉高了聲音說。

「嘿，我的糖果有寫字耶。」泰莎說著拿起了一顆糖。「**美妙的聲音**。」

「太奇怪了！」辛蒂說。泰莎是全校歌聲最優美的學生，每一年都會在才藝表演上唱歌，大家就好像是在看《美國偶像》。

「看這個！」克里斯多福說，拿起了他的心形糖果。「我的寫**傑作**。」克里斯多福最愛畫畫，打算長大以後要當畫家。

「你的寫什麼？」潔西轉頭問莎莉・奈特。

「**最佳午餐**。」這個誰也沒有意見。莎莉的媽媽開餐廳，莎莉的午餐盒每次都裝了一堆美食。

「是誰把這些糖果帶到學校來的？」歐佛頓老師問，可是沒有人知道。「那，不要吃。」可是差不多每個人都把心形糖果丟進嘴巴裡了。

「要我們吐出來嗎？」大衛問老師，還把舌頭伸出來，融化的糖果黏在他的舌尖上。

「不、不！別吐！」歐佛頓老師說，「就……」她沉吟著走向教室的電話，不知道打給誰，然後回到教室前面。「好了，大家收收心，開始早上的課吧。我們今天有好多事要做呢。」

但學生們還是忙著比較彼此的糖果上寫的字，有的寫**漂亮的頭髮**，有的寫**你逗我笑**，有的寫**數學天才**。每句話好像都說中了這個人的特色，一直到五分鐘之後全班才安靜下來。

只有伊凡的糖果例外，他的只寫了**給你**。哼，他才不在乎糖果寫什麼呢，只要是糖果就好。他把三顆心形糖果丟進嘴巴，把盒子塞進褲子後面的口袋裡。

午餐時間大家在操場上，大部分的學生都認為糖果是歐佛頓老師送的，今年她已經偷偷摸摸給了他們一些驚喜。

一月時他們讀到獨立戰爭，她邀請肯恩警官來學校逮捕他們，罪名是煽動暴亂。還有在他們最有名的發明家單元，大概就在萬聖節的前後，把各種稀奇古怪的東西擺在教室裡——燒壞的電燈泡，一段段的電線和彈簧，一架古董手搖式留聲機，黑板上還有一些陰森森的留言——彷彿湯馬斯·愛迪生的鬼魂在四年〇班上作祟。伊凡覺得這一次也是惡作劇。

「我回來了！」隔天伊凡練完球回家，一走進家門就大喊，順手把籃球丟在門廳裡，脫掉運動鞋。

「拜託放到車庫裡。」媽媽說，一面指著籃球和運動鞋。「練習得怎麼樣？」

她等伊凡回到廚房裡抓起點心才問。

「很好啊。我那隊兩次都贏。我可以拿到房間吃嗎？」他舉起一根香蕉。

「可以，可是別把香蕉皮丟在垃圾桶裡，會有臭味。」崔斯基太太站在流理台前切菜。她已經切好了一堆胡蘿蔔丁跟洋蔥丁，現在在切芹菜。耶，晚餐要吃墨西哥捲餅！今天真是愈來愈美妙了。

「還有，只能吃一根。」崔斯基太太在伊凡爬樓梯時說，「晚餐一小時後就好了。」

伊凡回到樓上房間，把**上鎖了**的牌子掛上去，然後才關門。他們家的房間門並沒有真正的鎖，可是崔斯基太太相信每個人——即使是孩子——也有隱私權。所以每個人都有一塊厚紙板做的牌子可以掛在門上。只要掛上了牌子，家裡的其他人就必須當作房門上了鎖。

在這個學期之前，伊凡幾乎沒有「鎖」過門。可是現在他和潔西念同一班，整天都在一起，包括午餐和休息時間，他需要更多隱私。

再說，外婆在新年後搬來和他們一起住，讓屋子裡變得更加擁擠。他現在已經漸漸養成掛牌子的習慣了。

伊凡把背包前面的小口袋拉鍊打開，抽出一張折起來的紙。他躺在床上，默默念著紙上的句子。

一個字死了（A word is dead）
說出口之後（When it is said）
有人說（Some Say）

我說它只是（I say it just）
又開始活（Being to live）
那一天（That day）

——愛蜜莉．狄瑾蓀

這是歐佛頓老師早上念給全班聽的「每日一詩」，她總是會多印幾份，放在窗台上，有興趣的同學可以帶一張回家。伊凡在下課時跟朋友說自己忘了拿手套，趁折回教室時偷拿了一張，塞進背包裡。

伊凡很喜歡這首詩。第一，詩很短，總共才二十五個字。伊凡猜想，這可能是有史以來最短的詩！第二，裡面每一個字都很短，而且很容易念。伊凡念這首詩的時候不會結巴，每個字都很自然的從他的舌頭流出來，簡單又輕鬆。第三，他喜歡這首詩念起來的**聲音**，就像在他的嘴巴裡爆炸。

而且押韻也很棒；像 dead（死）和 said（說），say（說）和 day（日子）。伊凡特別喜歡母音也幾乎押韻：when（幾時）跟 said（說），begins（開始）跟 live（活）。這幾個字在一起念很好聽，讓這首詩像籃球滾下山坡一樣滾動。

起初他不懂這首詩在寫什麼。字怎麼可能會死，或是活？可是後來全班一起討論，如果你說了什麼，就收不回來，也不能改變。說了就是說了，死了也就是死了。

但愛蜜莉・狄瑾蓀有不同的想法：一個字藉由分享會活過來。一個人說了什麼，然後別人聽進去，再加上別的看法，話就會成長，那就像活著一樣。話可以生長，伊凡覺得這個想法滿酷的。

叩。叩。

伊凡的眼睛盯著詩。「走開啦！」

「咦？」潔西在門後面說，「我為什麼不能進去？」

「因為我很忙。」

「忙什麼？」

「喂，潔西！要是我想說話，我就不會掛上鎖的牌子了！」

「我知道啊，可是我需要幫忙。」

「我等一下再幫忙，好嗎？」

「喔，算了！討厭鬼。」她說。伊凡聽見她走開了。

伊凡下了床，走向書桌，桌上堆滿了樂高玩具、硬幣、髒襪子、一顆磨損的棒球、舊的《瘋了》雜誌、K'NEX積木。伊凡從來就不在書桌上寫功課，他都在廚房的餐桌上寫。因為媽媽在那裡，要是他有不懂的地方，她可以教他；有時，他氣得想把功課撕掉，她也會幫他加油打氣。

他快手快腳的把東西都搬到地板上，書桌空出了一塊寬敞的空間，有如一片平滑的沙灘。他坐下來，張開雙手放在桌面上，然後彎腰去拿背包，抽出歐佛頓老師今天在上「文學方塊」的時候發給他們的一疊便利貼。

潔西最愛便利貼了，那是她最愛的文具。她有各種顏色的便利貼，房間裡貼得到處都是，用來提醒她重要的事情。可是伊凡一直都不覺得便利貼有什麼特別，直到今天歐佛頓老師示範了便利貼的用途。

他再看著那首詩，讀了第一小段。十三個字而已。就這樣。誰都能寫出十三個字吧。

伊凡瞪著牆壁，想著外婆。

嗯，首先，她很老了。老到她站起來時膝蓋會嘎吱叫，可是她還是每天做瑜珈，她說對她的平衡感有好處。她甚至可以單腳獨立，像樹一樣。可是外婆的頭腦有時候會失去平衡，她會忘記事情，像伊凡的名字。他討厭那種情況。

伊凡撕下一張便利貼貼在書桌上，上面寫了「外婆」兩個字，再撕下一張寫了「樹」，然後他又寫了更多張。

他把便利貼排列好，像閱兵典禮上的士兵。

這樣不是詩啦。他心裡想。**至少不是好詩**。可是他喜歡「樹」、「膝蓋」、「吱吱叫」一起念的聲音，所以他把這幾張排成一行。

然後他想著樹，在三張便利貼上寫下了「高」、「驕傲」、「好」，就跟他們在班上練習的一樣。便利貼就像積木，伊凡很會排積木。他加上新的字詞，新的積木，丟掉他不喜歡的。

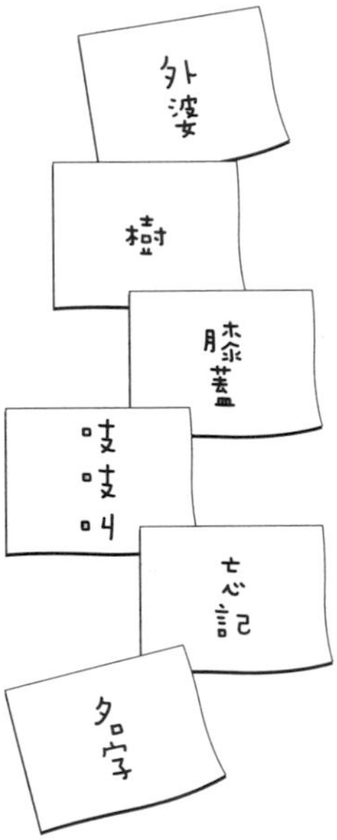

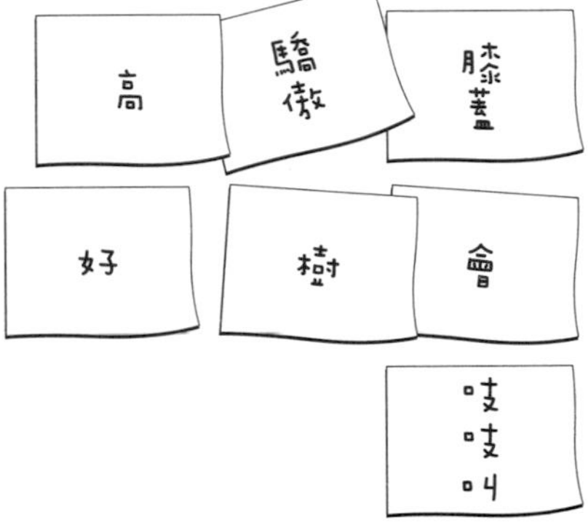

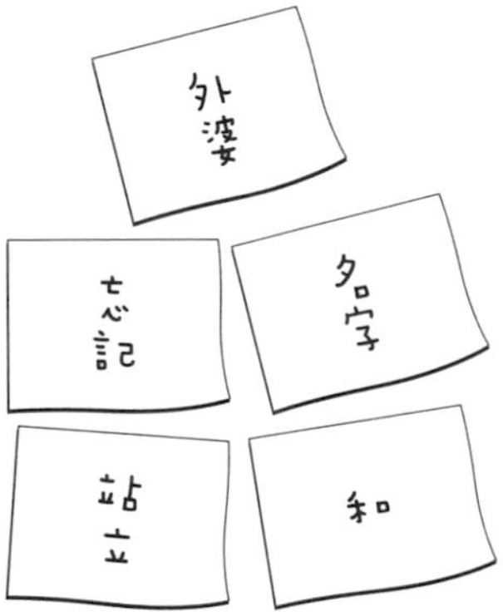

他聽著每個字的發音，低聲念出來，一面移動書桌上的便利貼。他覺得像在蓋房子，看著它在他的手底下成形。

半個小時後，他瞪著書桌上的便利貼，決定要再加上一些括號，跟E. E.康明斯一樣。

一棵樹（沒有）
會吱吱叫的膝蓋
可是
外婆有
一棵樹（不會忘記）
我的名字
可是
外婆會
一棵樹（站得高高的）
又驕傲

又美好
而外婆是
一棵樹

伊凡大聲把每個字念出來，心裡想：**這是一首詩耶**。

可是是情詩嗎？星期五要交的作業是寫情詩，寫寵物或是人或是霧或是陽光或是世界上可以愛的各種東西。歐佛頓老師念了一首藍斯頓．休斯寫的情詩給他們聽，她的貓就是用這個詩人的名字命名。那是一首描寫下雨的詩，最後一行是「我愛下雨」。

伊凡不是很肯定他寫給外婆的詩算不算情詩。情詩是不是一定要在某個地方寫上「愛」這個字？

後來他想到了E. E.康明斯，想到了他的詩大聲宣稱：**根本就沒有規則！**於是伊凡決定就要這樣寫，如果有人看不出來他愛他的外婆，那就是那個人有問題。

忽然他聽到門廳有講話聲，是潔西和另一個人，然後是笑聲。伊凡愣住。他知道那個笑聲，他早就愛上了那個笑聲了。

4 消息源頭

消息源頭

（primary source，名詞）

對事件握有第一手資料的人；事件發生時，由握有第一手資料的人寫下的紀錄。

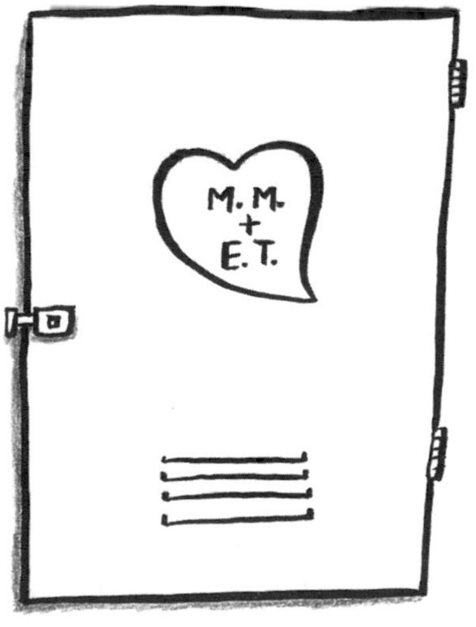

潔西站在學校走廊上，手裡來來回回絞著她的背包背帶。她知道校規。放學後老師不在教室，學生就不准留在教室裡。

教室門是開著的。她探頭到四年〇班裡面，一個人也沒有。椅子都放在桌子上，百葉窗也都關著，就連沙鼠都悄悄躲起來，在籠子的木屑裡舒服的窩著。

潔西躡手躡腳走進去，心臟跳得好快，呼吸也很急促，沉甸甸的背包拉扯著她的手臂，像是要阻止她。

她走向歐佛頓老師的桌子。靠近窗戶的桌子上放了幾堆整齊的作業、插著筆的杯子、一只裝著迴紋針的小碟、藍斯頓的相片、一盆枯萎的非洲堇。潔西伸出手，用手指揉了揉葉子，感受著葉片上天鵝絨似的細毛，柔軟的觸感讓她鎮定下來。可是她的時間不多了。半小時後梅根要到她家做情人節卡片，而且隨時都有可能會有人走進教室。她得動作快，像個真正的專家。

潔西的眼睛掃過桌面，尋找線索，可是她是要找什麼呢？沒有什麼奇怪的東西。沒有線索能證明歐佛頓老師就是送他們心形糖果的神祕人。

她繞了講桌一圈，迅速看了垃圾桶，只看見一個空紙杯和一片柳橙皮。

走廊上，有人用力關上置物櫃，發出**鏘**一聲。潔西還聽見推車嘎吱嘎吱的聲音。她停住不動。萬一歐佛頓老師回來了呢？她的大衣仍然吊在掛鉤上，她的皮包也放在講桌下。萬一是校工來掃地呢？潔西會不會被開除，不能再念四年級？可是她必須勇敢。她的報紙不到一星期就要出版了，她到現在都還沒有頭版。四年〇班有個祕密，而把真相挖掘出來是她的工作。

她看著歐佛頓老師的講桌，中央有一個長長窄窄的抽屜，兩邊各有三個比較深的抽屜。潔西猜抽屜會不會上鎖了，以及哪一個抽屜裡最有可能裝著祕密。

她的心臟跳得更快。爸爸一天到晚在做這種事，不是嗎？他跟他們說故事的時候——分類文件，找出線索，跟線人私下見面——從來就沒說過自己會緊張。

潔西的手伸向了最上層的抽屜。

「你在做什麼？」

潔西猛地把手抽回來，藏到背後，彷彿被蛇咬了一口。大衛．科克里安站在門口，整個人被冬天的大衣、毛帽、厚手套包住。

「沒什麼！」潔西說，「我忘了我的社會研究筆記了！」這是她事先就想好的藉口，而且她也真的「意外的」把筆記本忘在座位上。

「那你幹嘛在歐佛頓老師的桌子上找？」大衛走向她，脫掉帽子。「她又不會把我們的筆記本放在她的桌子裡。」

「那你跑進來幹嘛？」潔西問他。大衛會不會跑去報告校長？

「我看見你走回來，以為你可能需要幫忙。」他摘掉了手套，用胳臂夾住。教室裡很暖和，他的臉也因為熱氣而變得紅通通的。

「我不需要幫忙。」潔西說，而且她也沒有需要過，至少絕不需要大衛・科克里安幫忙！

他看著她，再看著牆壁，然後又回頭看她。「我不會說出去的，潔西。」他低聲說，「我會幫你保守祕密。」

「根本就沒有祕密！」潔西大聲說。她匆匆走過去，抓起桌上的社會研究筆記本後跑出教室。

梅根到她家的時候，潔西仍然緊張兮兮的，而且對頭版內容還是沒想法。

「你覺得我可不可以直接說是歐佛頓老師送的糖果，因為事實就擺在眼前？」潔西問她。她和梅根在地下室做卡片。情人節還有五天，潔西很擔心沒辦法及時做出二十六張卡片。又一個截止日，四年級的壓力怎麼那麼大啊！

「那樣不會違法嗎？」梅根反問她，「我是說，如果最後證明不是歐佛頓老師呢？」梅根想到了一個點子，要在信封裡裝滿五彩碎紙，所以她現在忙著剪衛生紙。

「對。」潔西悶悶不樂的說。那叫做**誹謗**，是會坐牢的。「可是還會有誰呢？」潔西正在她的心形情人節卡片邊緣黏上許多細小的珠子，紅色、銀色、紫色、銀色，按照規律的順序排列，一絲不苟。

「誰知道呢？」梅根說，還甩了一把彩紙到空中，讓它像下雨一樣落在桌上。潔西把落在她那邊的碎紙撥開，慶幸沒有黏到膠水。「如果我不能寫心形糖果，那我的報紙頭版要寫什麼？」

「你應該寫今年情人節我們班不准放糖果。」梅根說。這是新規定，所有的學生都反對。她伸手拿了一張粉紅色圖畫紙，開始剪出一顆心。「這樣太不像美國了！」梅根的叔叔開了一家糖果工廠，所以潔西能了解她為什麼不高興。

「這個故事不怎麼好玩。」潔西說。是啦，四年〇班的每個人都很氣這條新規定，可是根本就沒有什麼值得**調查**的地方。糖果對牙齒不好，大人比較在乎牙齒的健康，而不管小孩子快不快樂。就這樣。

「那我們就來創造一篇故事！」梅根說，「我們應該要抗議，寫請願書。不，應該靜坐罷工！我們應該全部都不做功課，一直到規定改變為止！」

不做功課？潔西瞪著梅根。她覺得這種想法簡直是瘋了。

「不好，」她說，「我需要挖出一個祕密。」

梅根停下剪紙的手，看著潔西。「這樣不太好。如果有人有祕密，他們可能不想要你把它印在報紙的頭版上。」

「祕密都是壞事。」潔西想到了爸爸揭發的化學公司跟說謊的參議員，顯然梅根不知道調查記者是怎麼一回事。

「有些祕密是好事。」梅根微笑著說。

頭頂上傳來咚咚咚的腳步聲，接著地下室的門開了。「嘿，潔西，快吃飯了。」伊凡說，可是他沒有關上門回樓上，反而走下樓梯，晃到她們做勞作的桌子前。「我媽說你想要的話可以留下來吃晚餐。」伊凡這句話是對梅根說的，卻連看都不看她一眼。「這是什麼？」他指著那堆剪碎的衛生紙問道。

梅根抓了兩大把碎紙條，高舉在頭上。「是我的新髮型！喜不喜歡？」

伊凡哈哈大笑，然後也抓了一大把，放在下巴上。「喜不喜歡我的鬍子？」

他用低沉的聲音問，梅根差一點就從椅子上掉下去，因為她笑得太厲害了。潔西實在搞不懂有什麼好笑。

「你們真奇怪。」潔西繼續低頭做她的卡片，把最後一個珠子黏好。一顆心已經不在他們的對話上，她在想歐佛頓老師的講桌抽屜裡究竟有什麼祕密。

然而隔天早晨，學校又出現了一個更大的祕密，就出現在女生廁所裡——好死不死偏偏在廁所裡。

潔西覺得女生廁所是一個很恐怖的地方，感覺有事情發生，那些老師都不知道

的事情。有人在裡面交頭接耳，有人在牆上塗鴉，有人破壞校規，有人亂丟垃圾，有人不關水龍頭，有人不洗手，有人挖鼻孔，有人胡亂推擠，有人講髒話——廁所裡面什麼事都可能發生，因為那裡沒有老師盯著看。從來沒有。潔西從來沒看過老師進去女生廁所。

大多數時候，潔西會避開廁所，在家裡上廁所，實在有需要，她就去健康中心借用護士的私人廁所。可是今年葛拉漢老師開始「鼓勵」她使用走廊上的女廁。起初潔西禮貌的拒絕了，可是幾個星期之後，健康中心的廁所停止出借，潔西只能照媽媽說的「適應」這種新情況。

潔西推開了滿是刻痕的廁所木門，探頭進去。她並不介意廁所裡一個人也沒有，也不介意裡面滿滿的都是人。可是如果只有幾個女生在裡面——尤其是去年班上的壞女生，或是那些已經像是青少年、可怕的五年級大女生——她就會縮回來，假裝在欣賞走廊上的藝術品，等著廁所裡的人出來。

今天早晨廁所裡是空的。潔西匆忙走向她唯一用過的一間，倒數第二間，坐下來尿尿。她喜歡這一間是因為鎖沒壞，而且大部分的學生不會用這一間。她觀察到大家最喜歡靠近門的前兩間，不然就是那間無障礙廁所，因為裡面很寬敞，一個人可以占據一整間。沒有人選倒數第二間，所以潔西決定這裡是最安全的地方。

但她一坐下來就注意到有地方不一樣，就在她的面前，門上用黑墨水寫了字。

她最先想到的是梅根的姓名縮寫是M.M.，可是她看得出不是梅根寫的，因為梅根都會在M的尾巴畫小圈圈，而這裡的M寫得很直。

她第二件想到的是E和T是伊凡的縮寫。

當然啦，山坡小學是間大學校，有很多學生，而且所有年級都使用這個廁所。說不定M.M.和E.T.都是五年級的學生。這樣比較說得通。大孩子會做壞事，像是在廁所的門上亂寫。

潔西上完廁所後去洗手，就把縮寫的事忘掉了，因為回到教室大家正在用汽水瓶和氣球製作肺部模型，而潔西最喜歡這種課程了。

可是後來歐佛頓老師上數學課講到小數時，梅根在座位上轉過去跟泰莎講話。歐佛頓老師說：「梅根．莫里亞堤，拜託眼睛看前面！」潔西就又想起廁所的縮寫，猜測是什麼意思。

那就好像是一題有符號的數學等式：

如果，M.M.＝梅根．莫里亞堤

而且，E.T.＝伊凡．崔斯基

而且，一顆心＝愛

那麼，

一顆心裡的M.M.＋E.T.＝

梅根．莫里亞堤愛伊凡．崔斯基。

可是那是什麼意思？

潔西決定要直接去找消息源頭。

5 愛來愛去的事情

愛來愛去的事情

半諧音（assonance，名詞）：寫詩的技巧，重複一個字的中間音（通常是母音），比如說 silly little chimps（傻傻的小黑猩猩）。

餐廳裡，伊凡從餐具桌那裡拿了塑膠湯匙，忽然看見潔西走向排在隊伍前面的梅根。餐廳裡充斥喧鬧的聲音，就跟平常一樣，可是伊凡靠得夠近，能聽見潔西的聲音，因為她的嗓門很大，而且咬字清楚。

「你愛伊凡嗎？」

伊凡猛地朝潔西的方向轉頭。他看見梅根的背瞬間變得僵硬，滿臉通紅。排在她們附近的學生都挺直了身體，全神貫注的看著潔西和梅根。泰莎像老鼠一樣尖叫，兩隻手飛快摀住嘴。史考特．斯賓塞哈哈大笑，有幾個男生也同時「喔」的一聲。

伊凡覺得臉像是著火似的發燙，胃也向下墜，恨不得跑到餐廳外面。

莎莉．奈特就排在梅根後面，說：「你不應該說那種話！」

「為什麼？」潔西問，仍然像平常一樣大聲。

「因為……」莎莉兩手往上舉，一面搖頭。

伊凡迅速走回自己被分配的餐桌，兩隻眼睛看著地下。餐桌那裡的學生沒聽見潔西說的話，可是午餐時間結束之前，這件事已經傳遍了，很多人拿親吻開玩笑。馬里克把兩根軟軟的薯條放在嘴脣間，用力壓破再含進嘴巴裡，同時發出響亮的接吻聲。一堆女生大聲唱著電影《鐵達尼號》的主題曲，餐廳阿姨說他們班是那天最吵鬧的一班，小心被罰不能下課。但就算是這樣，也阻止不了竊笑和閒言閒語。伊凡真希望地板能裂開一個洞，把他吞進去。

然後餐廳的門開了，吵吵鬧鬧的四年級生全都衝到操場上，伊凡卻留下來，把潔西堵在垃圾桶那邊。

「你在做什麼？幹嘛說那種話？」他好想把潔西抓起來搖晃，彷彿搖一搖就能夠讓她理解她犯了什麼錯。

「哪種話？」潔西問他。

伊凡壓低聲音，帶著恐嚇的語氣。「說梅根跟我在戀愛。」

「我才沒有！」

「現在大家都這樣說。你是有什麼毛病啊，潔西？少來了，就算你——」

「我只是問了一個簡單的問題。我問梅根她愛不愛你，因為女生廁所裡是這樣寫的。」

伊凡覺得他的胃又不舒服了。今天的第二次。他想問潔西是什麼意思，可是他的舌頭好像不聽使喚，在嘴巴裡卻沒辦法發出聲音。

「喂！排隊！」餐廳阿姨對著幾個學生喊，他們端著托盤，要把垃圾丟掉。

伊凡兩手按住潔西的肩膀，低下頭湊向潔西的臉，很小聲的問：「女生廁所裡寫了什麼？」

潔西十指交錯，大拇指碰在一起，比出了心形。「M.M.＋E.T.。」她說。

伊凡覺得有一股熱氣從襯衫領口往上冒，餐廳的吵雜聲在他四周旋轉。

「是梅根在……在廁所寫的嗎？」伊凡問。

「不是，我覺得不是。啊，不知道啦！我怎麼可能會知道？」

「你能查出來嗎？」

「幹嘛？」潔西問，「這種愛來愛去的事情有什麼重要的？」

伊凡又想要把潔西抓起來搖了。為什麼人人都明白的事情她偏偏不懂？「你去查就對了，好嗎？去問她，然後再來跟我說，可是別跟她說是我叫你去查的。還有，也別跟**別人**說。你發誓！」

伊凡走向操場，試圖甩開這種差點吐出來的感覺。他推開門，看到萊恩從柏油路上跑過去，於是大喊：「嘿！等等我！」

他可以靠潔西去查出答案，可是要多久？情人節還有四天，伊凡需要答案。

6 獨家報導

獨家報導

（exclusive，名詞）

由單獨一家報紙刊登的報導，因為只有它們知道這則消息。

那天下午潔西自己走路回家。跟別人在一起很難過，尤其是跟她同年級的孩子。有太多事需要弄懂。她必須密切觀察他們的表情，仔細聽他們說話的態度。他們的眼睛有瞪大嗎？他們有低頭看地下嗎？他們有低聲講話嗎？還是愈講愈大聲？就好像是想要解開一題沒完沒了的數學題目一樣。

就拿午餐後在操場上發生的事來說好了。

答應伊凡要查出是誰在廁所門上畫那顆心之後，潔西就晃到外面去找梅根。她在鞦韆那裡找到了梅根，可是一走過去，梅根就走開了。潔西到處跟著她，可是梅根一直換地方，先是走到攀爬架，又是溜滑梯，然後是野餐桌。最後莎莉來找潔西說：「梅根叫我告訴你她現在不想跟你講話，因為她真的很生氣，可是她不想說出什麼之後會後悔的話。」

「她幹嘛生氣？」潔西問，「我只是問了一個問題。」

莎莉搖搖頭說：「你不應該問那種問題。尤其是在大家都可以聽到的時候，還說得那麼大聲。沒有人大聲說那種事情啦，想也知道。要說也只能在睡衣派對上說，而且還要等三更半夜燈都關掉了，大家都快睡著的時候才能說。」

可是潔西沒參加過睡衣派對，對那種事根本就沒有經驗。

「為什麼？那是個祕密嗎？」

莎莉斜眼看著潔西，顯然被她搞糊塗了。「嗯，對呀。所以大家才會那麼感興趣。每個人都想要知道誰喜歡誰。」

「每個人？」潔西問，「每個人都有喜歡的人嗎？」

「差不多，」莎莉說，「我是說，我們是四年級耶，又不是小孩子。」

可是潔西不懂**那種**喜歡到底是什麼意思。後來她站在操場的另一頭，向梅根揮手微笑——她知道要跟別人說「我想跟你做朋友」的話這是正確的做法——梅根卻不肯看她。

放學後走路回家時，潔西陷入沉思，如果莎莉說的是真的，每個人都有喜歡的人，而且是天大的祕密，那這不就是班上會感興趣的熱門題材了嗎？當然，她需要蒐集資料。距離班刊出版只剩四天，可是如果成功了，她就會有一篇人人都想讀的報導！

潔西想像著頭版的標題：

誰喜歡誰？四年〇班廣場獨家報導！

7 驕傲的字詞

驕傲的字詞

不完全韻（slant rhyme，名詞）：因為兩個字的最後一個子音發音相近，譬如stopped（停止）和wept（哭泣），或是兩個字的中間母音相同，如barn（穀倉）和yard（院子），讓它們聽起來像是押韻，卻不盡然。

他們本來是要到萊恩家去投籃的，可是後來伊凡建議走路到鎮上去買披薩，所以男孩們到學校辦公室打電話給他們的母親。這時他們沿著上坡往披薩店走去，這家店的披薩雖然不是全鎮最好吃的，但是距離最近。

伊凡一面走一面運球，彈跳的籃球跟他腦海中不斷鼓噪的聲音合拍：「不知不覺又推又擠。」每個字都像是籃球彈跳在冰封路面上的聲音，而且「推」（nudgers）和「擠」（shovers）也是一個不完全韻的例子，伊凡覺得還滿工整的呢。

快走到披薩店門前，萊恩說：「嘿，看！」還用手肘用力頂了伊凡一下，害得伊凡運球運到一半差點失手。他一抬頭，看見梅根和她媽媽向他們走來，結果他的球彈出去，滾到街上。下午街上的車輛很多，有幾輛車緊急煞車，以免壓到球。伊凡等到每輛車都停下來才衝過去撿球，心裡氣得要死，就像做媽媽的發現孩子不先看左右來車就跑向馬路一樣生氣。不過，其實還是難堪的成分比較多。一是難堪在市中心丟臉，二是難堪在梅根的面前運球出錯，三是難堪他的朋友們看見了。

等他回到人行道上，梅根跟她媽媽已經走了，可是保羅和萊恩笑彎了腰，他們坐在披薩店外面的長椅上。亞當雖然沒笑，也沒有幫伊凡解圍。

「喔，梅根！」保羅說，雙手緊緊交握按住胸口。「我愛你、我愛你、我愛你。唉喲，我的球掉了，真不好意思！」

「才不是，像這樣才對。」萊恩說，可是因為笑得太厲害，話說得不清不楚。「喔，梅根！只要你在旁邊，我的手就變成果凍了！」一邊說兩隻手還在空中亂抖。

「閉嘴！」伊凡說，把拿著籃球的那隻手向後縮，好像是要朝他們的頭砸下去。

「好了！」亞當說，把披薩店的門打開。「你們好像一群白痴。」

「他是怎麼了？」保羅跟萊恩咕噥，跟著亞當進去。伊凡走在最後面，籃球按在一

邊大腿上，後悔自己建議到市區來。

他們吃完了披薩，覺得天氣太冷不適合打籃球，所以各自回家了。伊凡回到房間，在門上掛了上鎖牌，然後牢牢的把門關好，還把書桌推過去抵住，確保不會有人「意外」進來。他坐下來，從最上層的抽屜拿出那疊便利貼，輕輕鬆鬆就寫出了前幾個字。走路回家的途中他就一直在思索了。

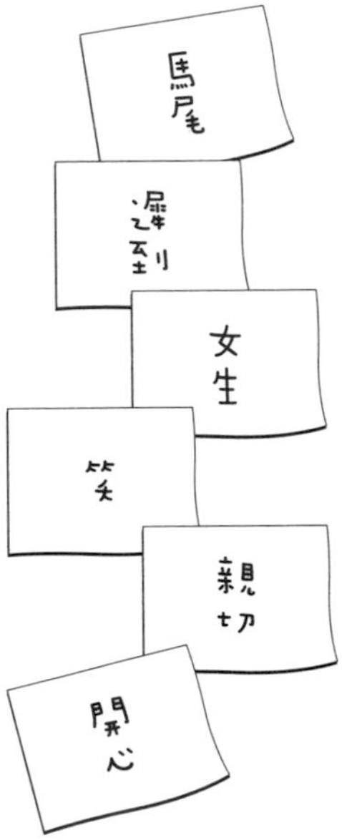

但是寫完之後他就接不下去了。

他聽見潔西的房間門開了，接著是他害怕聽到的聲音：她不耐煩的敲他的門。有時候他實在是忍不住猜想上鎖牌的四周是不是有什麼磁場，每次他一把牌子掛起來，潔西就會立刻出現。

「我在忙，現在沒時間講話。」伊凡大聲說。

「我有東西要給你看。」潔西一副就事論事的口吻，伊凡聽不出她到底有沒有聽見他講話。

「我說我很忙。等一下再來。」

「等一下就來不及了，我有東西要給你看。**現在**。」

「現在不行。要是你一直煩我，等一下也不行！」

「你到底在忙什麼？」伊凡聽見她在踢門框。

伊凡兩手扶著頭。「我在**思考**。」

「思考什麼？」

伊凡把一本書砰一聲摔在便利貼上，再粗魯的把書桌從門上移開，用力打開門。「你為什麼每次都這麼討厭？」他大吼。

「我沒有每次都這麼討厭，我只有在真的有需要的時候才討厭。」潔西說，舉起手上的一張紙。「你能不能幫我看一下，告訴我做得怎麼樣？」

「不能，真的不能，所以我才說等一下。等一下就是等一下，潔西，你一定要學會！」伊凡退進房間裡，用力關上了門。他聽見潔西的聲音從門外傳來。

「你的牌子反過來了。要我幫你掛好嗎？」

「好！」伊凡說。

門上傳來輕微的摩擦聲，然後潔西小聲說：「OK，我掛好了。」

「謝謝。」伊凡繃著聲音說，坐回到椅子上。

說來也好笑，不知道是因為潔西來打岔，或是大吼大叫，或是從椅子上站起來搬動書桌，反正突然間伊凡的桌上布滿了便利貼。

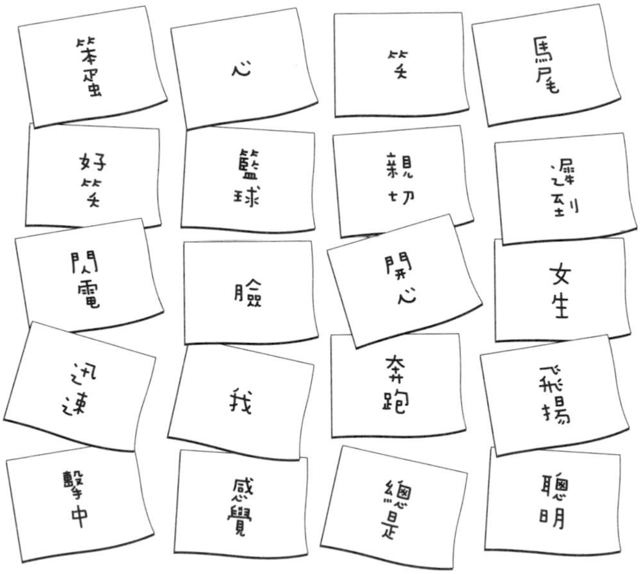

他開始移動便利貼。把一個字詞撕成了兩半。

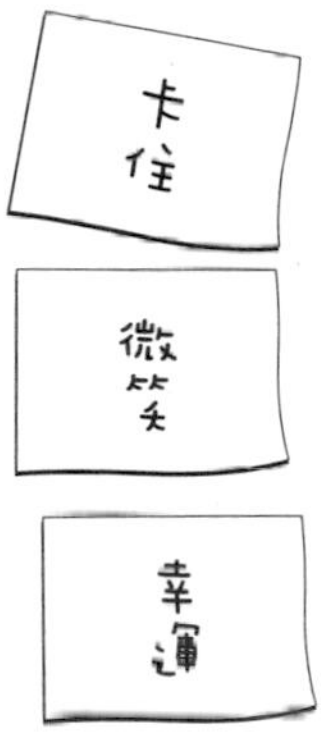

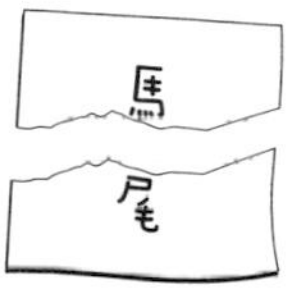

再把所有f開頭的字都排在一起。

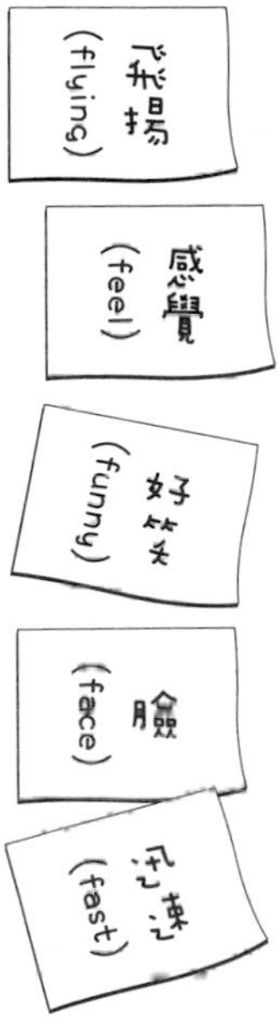

然後找出u短音的字。

最後把發i長音的字詞放在一塊。

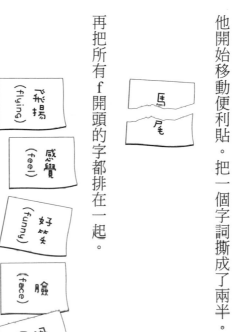

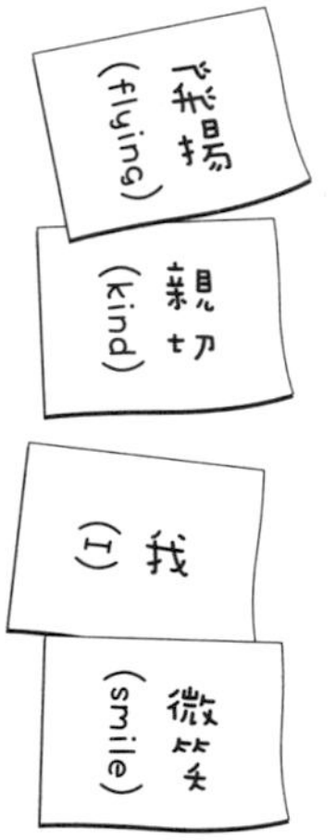

他又添加了一些字詞，丟掉了一些。三十分鐘後，他向後靠著椅背，看著桌上的詩。

馬尾女生
飛奔而過
總是遲到
最近在我心裡
你笑你的
快樂大笑
你笑你的
親切微笑
你奔跑過去

我呆呆站著
說不出話　動彈不了

他喜歡。他為紙上的字覺得驕傲。

他從最上層的抽屜抽出一張紙，快手快腳的把詩抄了下來。他很擔心在沒寫完以前潔西又來敲門。寫完之後，他發現匆忙中拼錯了三個字，他連忙更改，卻把詩弄得一團糟。

他又從抽屜裡拿出一張紙，把整首詩重抄一遍，這次他用最工整的筆跡，寫得又慢又整齊。然後他把這一張紙放進抽屜裡，埋在幾本筆記簿和舊雜誌底下，把寫壞的那張揉成一團，丟進了垃圾桶。

8 調查表

調查表
（survey，名詞）
提出一系列的問題詢問一群人的意見或經驗。

潔西很氣惱。媽媽辦公室的彩色影印機不能用，不管怎麼試就是印不出彩色的。閃爍的黃燈告訴她有個墨水匣空了。

對潔西來說這簡直是大不幸。蝴蝶的翅膀應該是鮮藍色的，那些心應該是紅色的，雛菊的中心應該是像奶油一樣的黃色。

她忿忿的按下影印鍵，印出了二十七份調查表，只能是呆板的黑白色。

然後她把特製的調查盒放進背包裡，走出了家門。

到了操場，她刻意跟大家保持距離，等著鐘響去排隊。梅根當然又遲到了，潔西不知道別的女生是不是也在生她的氣，但決定不問她們。伊凡跟她解釋過：問別人是不是在生你的氣，有時候反而會讓他們更生氣。

今天早晨不是只有潔西一個人當獨行俠，大衛．科克里安也是自己一個人在操場邊緣遊蕩、撿石頭、自言自語。最後，他慢慢繞到潔西附近，等待鐘響。

「那是什麼？」他說，指著潔西抱在胸前的一疊紙。

「沒什麼。」潔西說。

「不可能沒什麼，」大衛說，「你不想說，就直接說『要你管』就好。」

「好，要你管。」

「怎樣？」大衛說，「是祕密嗎？」

潔西想了想。不是祕密，可是卻跟祕密有關，而且還是一大堆的祕密。這讓潔西覺得不自在，好像她就要在某個她並不真正了解的事情上掀起風浪，說不定大衛可以幫她理出個頭緒來。

「是一份調查表。上面有一堆問題，班上的每個人都要填。**不記名的**。然後我會把大家的回答整理好，把結果寫出來，放在我的報紙上當成頭版報導。」

「調查什麼？」他好像有興趣，讓潔西信心大增。搞不好這份調查真的是個好主意呢。

「愛情。」她說，「調查表會問你是不是有喜歡的人，就**像是**喜歡那種。**不記名的**。很顯然如果有人喜歡別人，他們不會大聲說出來。」她密切盯著大衛，看他是不是同意這種說法。

「顯然是。」他說，仰望天空。

「還有別的問題。你要不要看？」

「好啊。」大衛說，可是他卻漫不經心的聳了聳肩，彷彿在說他不覺得這個話題值得一談。

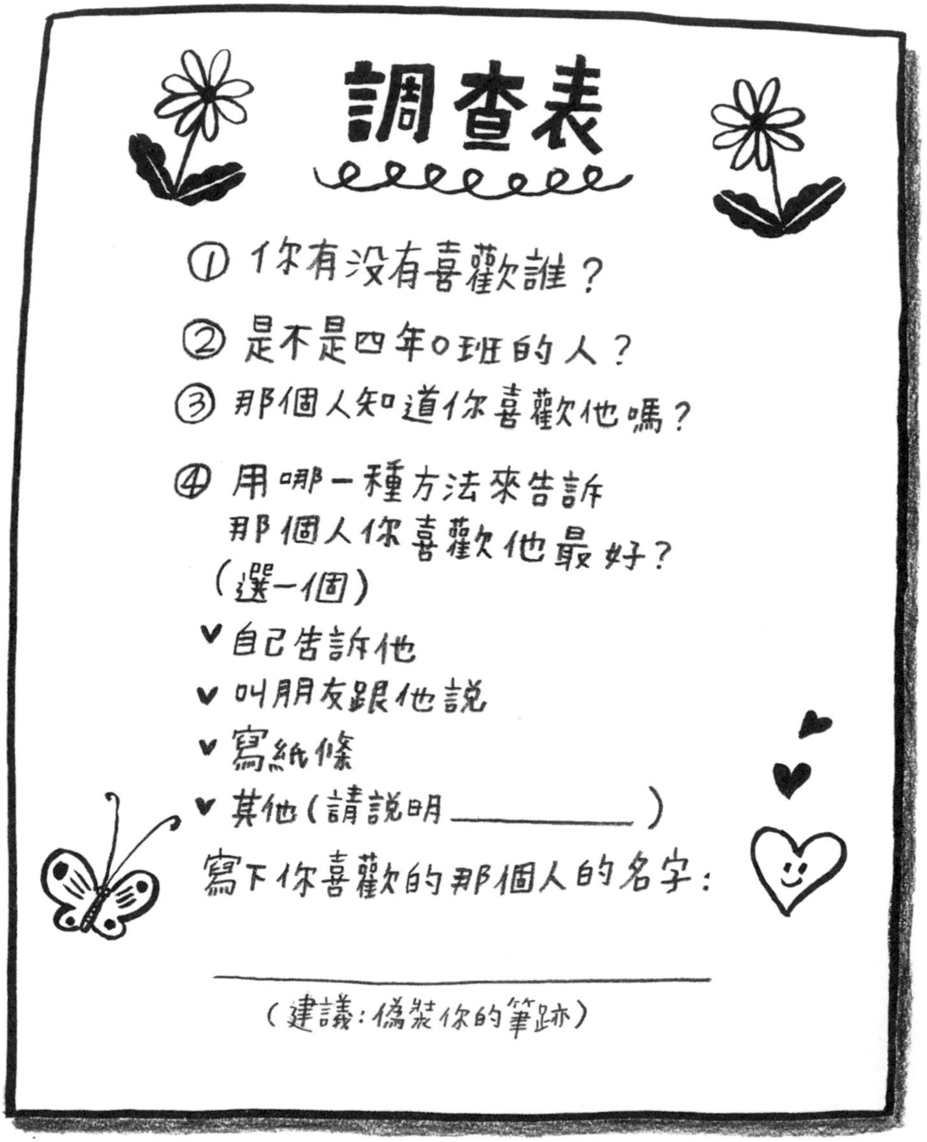

調查表

① 你有沒有喜歡誰？

② 是不是四年○班的人？

③ 那個人知道你喜歡他嗎？

④ 用哪一種方法來告訴那個人你喜歡他最好？（選一個）

- 自己告訴他
- 叫朋友跟他說
- 寫紙條
- 其他（請說明＿＿＿＿＿）

寫下你喜歡的那個人的名字：

＿＿＿＿＿＿＿＿＿＿

（建議：偽裝你的筆跡）

不過她把第一張調查表拿給他之後，大衛扶了扶眼鏡，讀了起來，而且速度飛快。讀到最後一行之後，他的眼睛飄到最上面，重新讀了一次。

「歐佛頓老師不會讓你發下去的。」大衛說，把調查表還給潔西，好像他們在玩牌，而這一局她輸定了。

「我會說服她的，」潔西說，「這是我的數學額外加分作業：找到使用小數的實際方法。她不能不准。」

「她就是可以，」大衛說，一邊嘴角稍微向上翹。「她是老師，她想要怎樣都可以。」

大衛說的一點也沒錯，老師真的是想要怎樣都可以。可是，歐佛頓老師滿公平的，比大多數的老師公平。她總不能對關係到全班和小數的計劃說不吧？對不對？潔西甚至計劃在資料整理完之後畫個圓形統計表。一張圓形統計表耶！歐佛頓老師超愛圓形統計表的，差不多就跟她愛詩一樣。

可是他們排隊進教室後，卻沒看見歐佛頓老師。坐在歐佛頓老師講桌後的是費尼老師，每個學生看見她心都往下沉。費尼老師是目前為止最可怕的代課老師，她又老脾氣又壞，而且對教室裡的情況置之不理，其他代課老師把學生叫到校長室的次數全部加起來也沒有費尼老師多。潔西想不通學校為什麼不開除她，一定是因為臨時找不到人。

「給我安靜下來！」費尼老師對著走進教室的學生大吼大叫。**我們根本就沒有吵鬧啊！**潔西心想。她把桌上的椅子拿下來，然後走向費尼老師，調查表緊緊抱在胸前。不知道為什麼，大衛跟在她後面。

「費尼老師，我有東西需要發給同學。」她舉起了那疊紙，卻沒翻到正面。

「什麼東西？」就在這時，講桌後面響起了手機鈴聲，費尼老師立刻就從她的超大皮包裡拿出手機來。

「是額外加分作業，」大衛說，「數學的。」

「要花多久時間？」費尼老師的眼睛盯著手機螢幕。「喔，拜託！」她戳了手機幾下，可是心情好像沒有變好。

「不到五分鐘。而且我保證大家都會安安靜靜的坐在座位上！」

「好吧。動作快一點。我需要接這通電話，可是我就站在走廊上，所以別耍什麼花樣。還有，不要以為我是在開玩笑。」她大步走向走廊，手機已經貼著耳朵，然後關上教室的門。

潔西看著大衛，他也看著她。兩人的眼神似乎在說：**輕鬆搞定**。

「好了，大家注意聽，」潔西用最有權威的聲音說，「我要做一個額外加分的作業——」

「喲，好強喔！」保羅大聲說，但是是在開玩笑。四年〇班的學生已經習慣了潔西這個人，有時候她是個霸道的討厭鬼，但是大多時候她會有好點子。不一樣的點子。像上次她讓全班在操場上模擬出法庭審判，有法官、陪審團，還有裁決。潔西幾乎隨時隨地都有新鮮事。

「是一份調查，」她說，不理睬保羅，「每個人都要填寫。可是不寫名字，寫完了以後就把紙折起來，多折幾次，放進這個特製的盒子裡。」潔西拿出一個鞋盒，上面的盒蓋用膠帶封住了，表面割出一條長長的缺口。把紙投進去後，除非把盒子切開，否則沒辦法再把紙拿出來。

潔西發下調查表，正面朝下的擺在每個人的桌上。泰莎第一個說話。

「我不要寫！」

「我也不要。」保羅說。

梅根舉手。「這個是個人隱私耶。」

潔西瞪著她，想要弄清楚梅根是不是還在生氣。然後她環視教室。同學們在座位上動來動去，緊張不安，沒有人在寫調查表。他們為什麼要抗拒？只是一份調查表啊，又是匿名的。潔西實在不懂有什麼大不了的。

她看著伊凡。他把身體靠在桌上，用手撐著頭，一雙眼睛瞪著她。伊凡輕輕的搖頭，好像在說：你又在搞什麼，潔西？

然後大衛說：「你們難道不想知道嗎？」

「知道什麼？」萊恩問他。

「知道別人在想什麼？知道男生跟女生跟愛情。」

班上大多數人笑了起來，還大呼小叫。

「愛情耶！」史考特．斯賓塞高聲怪叫，還拍打桌面。「愛──情──」

「愛情有什麼好笑的？」梅根問他，「愛情是很好的東西。」

「對呀，」莎莉說，「大家都應該要愛別人。」

「我就不要愛別人，」克里斯多福說，「而且誰也不能逼我。」

「那，有什麼不能寫的？」潔西問，「就把它寫在調查表上，交過來就好了啊。」

「不行。如果我是……就是……只有我一個人怎麼辦？」克里斯多福瞪大眼睛環顧四周，不再嘻皮笑臉了。

他說話時，全班安靜下來。彷彿所有人都在想同一件事：**只有我一個人嗎？**

大衛打破沉默。「那……你們是不想知道囉？」

「只需要幾秒鐘而已，」潔西說，「可是我們的動作要快一點，費尼老師隨時都會進來，我敢打賭她一定不會讓我們做這份調查的。」

如果說在這一刻有什麼事能讓四年〇班的學生團結在一起的，那肯定是他們對費尼老師的厭惡。

「寫就對了啦。」梅根說，開始填寫。

「對，」伊凡說，「寫就對了。」

大家都開始寫，寫完後又在比誰能把紙折最多下（比來比去，最厲害的是六下）。潔西也趕緊填了她的一份，她的回答很簡單：「沒有」、「不是」、「不知道」。填完後，她把調查表塞進盒子裡。

潔西把盒子緊緊抱在胸口說：「我鄭重發誓，今天一整天我都會用**我的生命**來保護這個盒子。我會隨時帶著，而且我會在情人節跟大家報告結果。」

「她來了！」傑克高聲大喊。他削完鉛筆後就透過玻璃偷看走廊上的動靜。費尼老師走進教室，發現四年○班的學生都乖乖坐在座位上，一雙雙眼睛充滿期待的看著她。

「好了，可以開始上課了。」她說，好像是她在等他們，而不是他們在等她。「希望歐佛頓老師午餐之後就會回來，她必須帶貓去看醫生。」

「是藍斯頓嗎？」梅根問，同時看向身邊同組的組員。幾個學生開始竊竊私語，潔西的眼睛忍不住跳到門上的藍斯頓護貝照片上，牠嘴裡吐出的對話泡泡裡寫著：**待人和氣，做好自己的事！**

「安靜！」費尼老師大聲吼叫。「好像是去掛急診。據我所知，今天沒有課程表。」她悶悶不樂的瞪著歐佛頓老師整齊的講桌。

喔，要命。潔西心裡想。今天八成是他們要帶費尼老師一整天了。「我們會從晨會開始。」她說。

「然後是每日一詩。」伊凡補充說。潔西皺起眉頭，她一直希望可以跳過這個單元，直接上數學。

「詩？」費尼老師說，還挑高了眉毛。「嗯，我對詩一竅不通。」

「沒關係，」梅根說，「我們教你。」

接著全班同學安靜的移動到地毯區坐下。

晨會之後，莎莉翻開了畫架上的每日一詩。費尼老師叫雷把詩念出來。

燕子飛翔　作者／莎拉・蒂斯黛爾

我愛我的風與光的時間，
我愛人的臉孔和眼睛，
我愛我的精神倏轉飛翔，
像傍晚天空下的燕子。

一陣沉默。歐佛頓老師教他們要讓詩在心裡沉澱再討論。可是費尼老師不知道，所以她第一個開口。「看吧，我就說嘛。這首詩一點道理也沒有，我就不是個愛詩的人。」

嗯，潔西也不是個愛詩的人，可是她覺得費尼老師好弱喔，連試都不試就放棄了。她看著伊凡。他自己默默的在讀詩，嘴巴念出那些奇怪的字。

「這一定是一首情詩，」梅根說，「『愛』說了三次耶！」

「愛，愛，愛！」史考特．斯賓塞說，然後發出要吐的聲音。可是沒有人覺得好笑，所以他安靜下來，跟其他同學一樣看著詩。

「那是一隻燕子嗎？」妮娜問。歐佛頓老師把一隻飛行的鳥貼在詩的下面。那隻鳥有分叉的尾巴和尖尖的翅膀，而且看起來飛得非常快。

「『倏轉』是什麼意思？」克里斯多福問。

「我不知道。」費尼老師說，坐在原地後完全不動。

「我們有一本字典耶。」潔西說。

「你想查字典就去查啊！」費尼老師說。

潔西氣惱的站了起來。這時伊凡舉手問：「『我的風與光的時間』是什麼意思？」潔西發現他不是在問費尼老師，而是在問四年〇班的同學。

「我們是不是在別的詩裡讀過？」莎莉問。

「沒有，」潔西說著把字典打開，翻到最後。「你說的是歐佛頓老師上個星期念的威廉．莎士比亞那首詩，那是描寫他在舞台上的時光。」潔西討厭詩，可是只要讀過就每個字都記得。

「對了！」莎莉說，「歐佛頓老師說莎士比亞是在談他的人生。我覺得這個詩人是在談**她的**人生，她愛她的人生！她的風與光的時間。」

「還有所有的人。」泰莎說，站起來指著第二行。「她也愛所有的人，不只是男人，是每一個人。」

「沒有人會愛**所有的**人。」馬里克說。

「那就應該要愛，」泰莎說，又坐了下來。「這樣就不會有戰爭了。」

「『倏轉』的意思是突然改變方向。」潔西說，用手指著字典上的解釋。那是**大人的**字典，歐佛頓老師放在講桌後面的架子上。

「啊！燕子都會這樣！」克里斯多福說，「一大群燕子會突然改變飛行的方向。我跟我爸去釣魚的時候看過。」

「所以就是**自由**。」伊凡說，幾乎像在耳語。「她愛她的自由。」

「她過了快樂的一天！」梅根說，「就像是有時候你會覺得你很愛這個世界，我最愛那種時候了！」

接著全班轉向費尼老師，看她有沒有什麼要說的，可是潔西看得出來她根本就沒在聽。費尼老師盯著時鐘，潔西幾乎可以確定她正想著待會兒的午餐。

下課時間，潔西把裝著調查表的盒子帶到操場，小心翼翼的保護著。情人節還有三天。明天、星期六，還有星期日。只有三天能計算調查結果，寫她的報導。操場上的學生一直晃到她這邊來，好像被黏答答的檸檬汁吸引過來的螞蟻，趕都趕不走。

可是一進教室，他們就把調查表忘了。他們的課桌上放著更有趣的東西：心形糖果！而且糖果上面的字也跟上次一樣說中每個人的特色。

「我的寫**聰明小子**。」大衛說，在半空中揮舞糖果盒。

「嘿，看！」塔菲．摩根說，「我的寫**亮晶晶的腳趾**。」她舉高一隻腳讓大家看她今天穿的那雙亮晶晶的鞋子。

潔西的糖果上寫**上進的人**。彷彿糖果在告訴她要跳起來行動，因為現在有可以調查的事情了！

這些糖顯然不是歐佛頓老師放在他們的課桌上的，那麼會是誰呢？潔西迅速拿出她的記者筆記簿，寫下了班上每個人的名子以及心形糖果上的話。她在列清單時，心裡忍不住想：**明天還會有糖果嗎？**

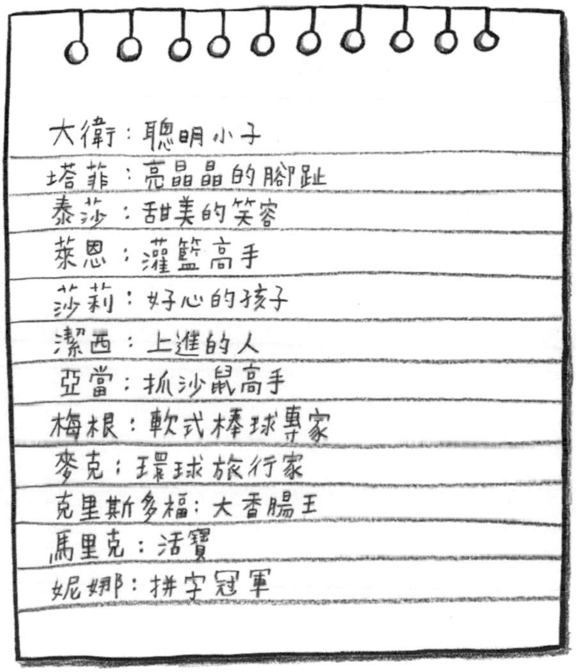
大衛：聰明小子
塔菲：亮晶晶的腳趾
泰莎：甜美的笑容
萊恩：灌籃高手
莎莉：好心的孩子
潔西：上進的人
亞當：抓沙鼠高手
梅根：軟式棒球專家
麥克：環球旅行家
克里斯多福：大香腸王
馬里克：活寶
妮娜：拼字冠軍

費尼老師不知道有不准帶糖到教室的新規定，但是她卻知道她自己訂下的不准在教室吵鬧的舊規定，所以她立刻威脅他們如果不乖乖坐下來，閉上嘴巴，就要把他們送到校長室。她發下數學練習卷，說誰第一個發出聲音，就不准午休。

潔西覺得滿不錯的，她寧可待在溫暖的教室裡，忙她的報紙，也不願在操場上看守裝著調查表的盒子。所以她一寫完馬上就站起來，走去削鉛筆，可是途中卻晃到伊凡的座位。他的眼睛眉毛擠在一起，拱起肩膀在寫數學題目。

「你的糖果上寫什麼？」潔西低聲問，指著擺在他桌子角落的糖果盒。糖果盒已經打開了，兩顆糖果掉了出來。

「沒什麼。」他咕噥著說，抓起糖果盒，還想把掉在外面的兩顆糖果拿起來，結果卻把其中一顆弄到地上。潔西彎腰把糖撿起來，還給伊凡之前，快速的看了一眼。

9 各式各樣的愛

各式各樣的愛

陳腔濫調（cliché，名詞）：使用過度的一句話，因為太熟悉而缺少力量；比如「腦袋靈光」、「各式各樣的愛」或「冰雪聰明」。

放學後，男生一直在嘲笑伊凡跟梅根戀愛。

「我沒有跟梅根．莫里亞堤戀愛！」他對他們大吼，踩著腳踏車離開操場，既生氣又尷尬。突然間，有好多好多事讓他覺得丟臉。喜歡梅根讓他丟臉，喜歡詩也讓他丟臉。而且班上同學的糖果都寫上特別的話，只有他一個人的糖果是店裡買來的，也讓他覺得丟臉。

伊凡星期一第一次發現這件事時，並沒有想太多。糖果就是糖果，誰在乎糖果上是不是只寫了「**給你**」？可是現在感覺卻像是無論糖果是誰送的，他都刻意指出伊凡並不特別。那種感覺就跟外婆記得每一個人的名字，偏偏忘了他的名字一樣。

回家路上，他遇見了梅根，卻連哈囉都沒說，飛快騎著腳踏車離開，好像沒看見她就在人行道上看著他，還舉高一隻手，對他微笑。

而且潔西為什麼會不知道女生廁所裡的心是不是梅根畫的？去找出答案是有多難啊？

「直接去問她啊，拜託。」下課時他在走廊上跟潔西這麼說。

可是潔西拿著用膠帶封死的盒子在他的面前揮舞，說：「我現在有點忙，你看到了嗎？」

他決定要繞遠路回家，把他的挫折感騎掉一些。最讓他失望的是，今天下午沒有籃球練習。今天是星期四，所以不練球。可是等他回家，潔西已經先到了，他們一起走進家門，發現媽媽待在廚房，把水壺裡的熱水倒進馬克杯裡。

「去拿信好嗎？」崔斯基太太說。所以伊凡又折回去，從前門旁的信箱裡抽出一疊信跟型錄。

「我有事情要做。」潔西說，直接走向樓梯。「不要打擾我！」

「是，是。」伊凡說，把信丟在廚房的流理台上。

「她在忙什麼？」崔斯基太太問，翻閱著信件。

「額外加分的作業。」伊凡悶悶不樂的說。

「潔西就是這樣。嘿，有你的東西。」媽媽拿起一個方形的小信封，上面寫了紅字。伊凡的心翻了一個三百六十度的觔斗。是梅根送他的情人節卡片嗎？他應該在媽媽的面前拆開嗎？他想拆開嗎？

媽媽舉起了另一個一模一樣的信封，一臉迷惑的說：「這一個是給潔西的。會是誰……」

伊凡把信封撕開，不知道希望在裡面發現什麼。信封裡是一張卡片，圖案是史努比在擁抱糊塗塌客，卡片翻開來寫著「愛不拘形式」。

「是外婆寄的。」他說。

「我知道，我看筆跡就知道了。」

「你看她寫的。」伊凡說，把卡片亮出來。「親愛的伊凡，我愛你想你，每天都惦著你。祝你情人節快樂。下回見！愛你的外婆。」

伊凡看著媽媽，兩人都笑了起來。實在很難不笑，因為外婆就跟他們住在一起。最近她的腦子轉動得很奇怪。有時候以為自己二十歲，有時候忘了是住在崔斯基家，有時候不記得他們是誰，而有時候就很正常。

伊凡走向櫥櫃，拿出了泡熱巧克力需要的東西：馬克杯、湯匙、巧克力粉、迷你棉花糖。他把巧克力粉舀進杯子裡，心情又變回騎車回家時的鬱悶，也連帶想到了別的事情，於是他問媽媽：「**你**有沒有收到情人節卡片？」

崔斯基太太笑了。「唉喲，誰會送我情人節卡片啊？」

「我不知道，」伊凡說，攪拌熱水和巧克力粉。「比如說……爸爸？」

媽媽喝了口茶，密切的看著他。「沒有，爸爸沒寄卡片給我。你是不是希望我能收到他的卡片？」

伊凡聳聳肩，盯著湯匙攪起的熱氣。「你們不是結過婚嗎？」

「是啊，」崔斯基太太說，「我們是結過婚。」

「那……」伊凡丟了一把迷你棉花糖到馬克杯裡。媽媽開口，好像要教訓他，最後卻又閉上。「那怎麼會這樣？」伊凡問，「怎麼會戀愛後來又不愛了？」

「你知道嗎？我自己也不清楚。」

「有沒有可能根本就不是愛？你可能搞錯了。」

「不，絕對是愛。相信我。對我們兩個都是。可是……愛沒有持續下去，有時候就是會這樣。」

伊凡搖頭。「詩裡面寫的愛情好像都是永恆的，比什麼都偉大，而且是世界上最重要的事。可是如果愛情會這樣……這樣消失不見……」伊凡一隻手往後甩，好像是要把垃圾丟到肩膀後面。

伊凡的母親頓了一下才說：「愛情不會不見，伊凡。它只是會吵架，吵得很凶、很久。你還記得嗎？你那時懂事了嗎？」

伊凡點頭，喝了一小口熱巧克力。「我記得吵架。」

「那就是愛。那是愛在想盡辦法讓愛留下來。可是到頭來還是沒辦法，所以我跟你爸爸決定分開，可是我一直愛著他。」

「那是你說的，你每次都這麼說。」伊凡說，「可是你們現在沒有結婚了，那又是什麼意思？」

「意思是這是不一樣的愛。世界上有各式各樣的愛。」

「歐佛頓老師也這麼說。她說你可以愛一首歌、一座森林、一個朋友，或是一個……就一個人，一個和你『戀愛』的人。」伊凡讓熱巧克力冒出來的蒸汽把他的臉蒙住，不讓媽媽看見他的眼睛。

「歐佛頓老師真是冰雪聰明。」

伊凡點頭，臉仍然朝下。愛情真是讓人搞不懂。

「嘿，媽，我寫了一首詩給外婆。你要不要看？」

「當然要！」她說。

伊凡在背包裡面挖了半天，找到了折起來的紙，他塞在活頁本的後面口袋裡。他把那張紙拿給媽媽，很納悶心跳怎麼會那麼快，快到他以為心臟會撞破胸膛蹦出來。

崔斯基太太讀了一遍，接著她把紙張擺在流理台上，把紙撫平再讀一遍。當她抬頭看向伊凡，伊凡覺得自己的呼吸停止了，彷彿他體內的一切器官都停頓下來——他的心臟、肺、大腦——就這樣停頓。在這一刻，他願意付出一切，只求把詩拿回來，安全的藏在他的活頁本裡，沒有人知道這首詩。實在是太難了，把自己寫的詩拿出來給世界上的每一個人看。

「我這輩子沒念過這麼棒的詩，伊凡。」媽媽說。她的聲音很微弱，好像她剛發現了新的星球，或是在前院草坪上發現了一隻稀有的小鳥。

伊凡的心臟突然把大量的血液送到全身，輸送的力道甚至讓他感覺熱血咻一聲衝過他的耳朵，害他聽不清楚。「你覺得如何？」他問。

「你有天分，」媽媽拍著紙說，「稀有的天分。我都不知道你喜歡詩呢。」

「我也不知道。」他說，「可是我真的喜歡。」伊凡不敢相信自己說了出來。他承認自

己喜歡詩了。**搞不好待會我就會大聲說我喜歡梅根・莫里亞提！**一想到這裡，他的耳朵都紅了。

樓上砰一聲，然後是撞到什麼東西的聲音，緊接著潔西大喊：「我沒事，我只是絆到了。」

伊凡跟媽媽哈哈笑了。潔西有點像「老信泉」，就是黃石公園裡的間歇噴泉，伊凡三年級念過，它每隔幾小時就會噴發一次。

「我可以給你個相框，」崔斯基太太說，把詩還給伊凡。「你可以再抄一份放到相框裡，然後當作情人節禮物送給外婆。我敢說她一定會非常喜歡。」

伊凡想到要把他的詩展示給每個人看。**每個人耶**。就覺得既驕傲又緊張，既興奮又有點想吐。「再說啦。」他說。

伊凡慢吞吞上樓，一面看著手上的詩。承認自己喜歡詩感覺也沒那麼糟，也許他會把自己寫的一、兩首詩拿給歐佛頓老師看，也許還會拿給朋友看。但這一首不行，換別首，也許吧。可是他絕對絕對不會承認他喜歡梅根，他寧可死也不能讓他的朋友知道。

他走進房間，都還沒關上門，就看到他的垃圾桶裡有什麼灑到地板上了。

10 窺探

窺探
（snooping，動詞）
為了要挖掘出私人的消息而暗中調查或搜尋。

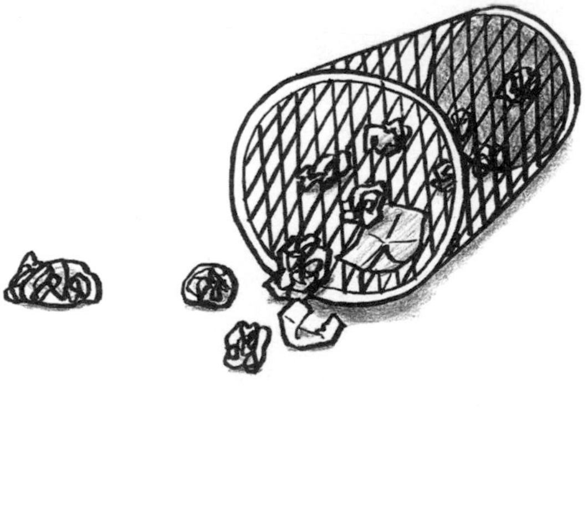

完全是意外，真的。潔西跑到伊凡的房間一開始純粹是因為她需要紙，就這樣。她並沒有要找什麼，她沒有在窺探。她**沒有**。

雖然她不應該在得到伊凡允許前就進去他的房間，而且也絕對不可以未經許可就打開他書桌的第一個抽屜，可是她在趕時間，她急著要計算調查的結果。而且伊凡一直在樓下，他們兩個一起走進家門的時候他的心情又那麼糟。她真的在趕時間。就是這樣，她沒時間去遵守**那麼多**規定。

她從伊凡的抽屜裡拿了一張紙，轉身跑出房間——她的動作非常快，想要假裝她根本就沒有違規——結果不小心絆到了伊凡的垃圾桶，垃圾桶又撞到立燈，裡面的紙全部掉到地板上，就好像是逃出了牢籠的小動物。粗鐵絲做的垃圾桶就跟籠子一樣，潔西忍不住想像著紙團在吼叫：「自由了！我們自由了！終於自由了！」

「我沒事！我只是絆到了！」她大聲喊讓伊凡跟媽媽聽見，免得他們跑上樓來問發生了什麼事。

她快手快腳的把地上的紙團撿起來，心裡仍想著從牢籠逃脫的動物，忽然發現有一團紙真的很像是一隻烏龜。**哇！**她心想。**有龜殼，還有一條腿跟一顆頭伸**

出來。潔西很擅長辨認圖案和形狀，而這一團紙絕對像烏龜。

她把那團紙撿起來，拉扯烏龜頭，再壓一壓，想看看能不能模仿烏龜在受到威脅時把頭縮進龜殼裡。結果這團紙攤了開來，她看見了上面的幾個字。

字就是要拿來讀的。大家都知道這點。如果不想讓別人看見，就不會把字寫在紙上，而會選擇留在自己的腦海裡。

所以潔西的手動得比腦子快，不知不覺就把紙攤平放在面前。接著，她的胃傳來輕輕的顫動，告訴她，她可能做錯事了。但是來不及了，因為她的心裡冒出來一個問題，而只要這樣，就怎麼也阻止不了潔西了。她需要找出問題的答案，就跟她需要把這一年冒出來的問題全都解開一樣。

馬尾女生
飛奔而過
總是遲到
最近在我心裡
你笑你的

快樂大笑
你笑你的
親切微笑
你奔跑過去
我呆呆站著
說不出話　動彈不了

是誰偷了檸檬水的錢？史考特．斯賓塞是哪裡來的錢買最新款的ＸＢＯＸ？除夕鐘到哪裡去了？麥斯維爾出了什麼事？這些問題就像數學題目，潔西一定要等到算式解開了才能夠安心。

誰是**馬尾女生**？這句話有什麼意義？

潔西聽到樓下有聲音，她不確定是什麼，卻讓她想到了自己沒有獲得伊凡的允許就跑到他的房間裡，於是她抄起了地板上的紙團，丟進垃圾桶裡，再把垃圾桶擺正，慌張的跑出伊凡的房間。

潔西回到房間，關上門，在書桌前坐下來，把皺巴巴的紙在桌上撫平。心裡閃過一個念頭：**我拿了這張紙算不算偷東西？**才不算，哪有這種事。這是垃圾，沒有人偷垃圾。再說，潔西每個星期都會幫伊凡把垃圾拿出去倒，這是她必須做的家事，所以今天拿出去跟星期六拿出去又有什麼差別？

不過她仍然把上鎖牌掛好，關上門，把那張紙放進第一個抽屜裡。現在沒時間去想垃圾、字詞或伊凡了。此時此刻，她必須把調查表的結果計算出來。

她拿了一把剪刀，小心的剪開了鞋盒，把調查表都倒在床上。有一半的同學把調查表折了好幾折，看起來像是方方的小石頭，有幾個還滾到床下。潔西謹慎的把每張調查表攤開，放在床上。等她弄完後，整張床都被調查表覆蓋。

可是她數一數只有二十六張。她找了一遍地板，又再檢查了一次背包，就是找不到第二十七張。

怎麼可能？今天沒有人缺席。她很肯定。會不會是有人沒交？她很納悶會是誰。潔西瞪著床鋪，忽然聽到伊凡上樓，然後她的門砰砰砰砰的響起來。

「我在忙。」她說。

「開門！」伊凡命令她。「快點。」

潔西不喜歡他的語氣。

她把門打開一小條縫，然後整張臉貼在那條縫上。她不想讓別人看見擺在床上的調查表。

「你不能進來。」潔西說，嘴脣抵著那一小條門縫。

「我沒有要進去，」伊凡說，「你有沒有到我的房間？」

「有，」潔西說，「只有一下下。」

「一下下也一樣。沒有我的許可，你不能進我房間。你欠我三十元。」

潔西知道這一次她逃不掉，規定就是規定。「好啦，我會付討厭的罰金。」

「才不討厭。如果是我跑進你的房間，你就不會覺得討厭了。」可是伊凡再也不進潔西的房間了。潔西希望他偶爾也會進來，特別是偷跑進來，那樣的話他就必須給她三十元罰金。

伊凡站在門口等。

「你現在就要？」潔西問他。

「對。」伊凡動也不動，一張臉就像是大理石刻出來的。

「喔，隨便。」潔西說完關上門，從最上層的書架拿出藏在書後面的鎖盒，再打開衣櫃，她在衣櫃的內側門把旁邊釘了一根小釘子掛鑰匙。她的動作非常輕，彷彿是進行祕密任務的間諜，就算伊凡貼著門偷聽，他也聽不出她藏東西的祕密基地在哪裡。

她又打開門，仍然只開一條縫，然後透過狹窄的門縫把三十元拿給伊凡。她最恨拿錢出來了，尤其是還得不到回報。

「你幹嘛跑到我的房間？」伊凡問她。

「我需要紙。」

伊凡的眼睛瞇成了黑黑的兩條線。「你是說你翻了我的抽屜？」

「只有一下下啦！」潔西說，「我只是需要一**張紙**。」她說到最後幾個字的時候好像在請人饒命。

「你又欠我三十元！」伊凡大吼。

「才沒有！」

「有！你跑進我的房間已經犯規了，這次你又窺探我的書桌！」

「我沒有窺探。」潔西說，而且是真心誠意的。她只是想找一張紙，為什麼每件事都變得一團亂？

「你不付錢我就不走。從現在開始這就是規定。」

「喔，隨便。」潔西說。她又有那種在察覺到自己做錯事的時候，胃裡面怪怪的感覺了，可是她想不通究竟是哪裡做錯。伊凡會不會問她把垃圾桶撞翻的事？潔西不想談這件事，儘管她不覺得自己做錯了什麼。

當她把三十元交給伊凡的時候，他仍然是一臉不高興。怎麼會有人得到六十元還不開心的？

「你還要把你弄髒的地方整理乾淨，」伊凡說，「你把垃圾留在地板上了。」

潔西走出房間，重重的關上門，然後穿過走廊，正當她跨過伊凡房間的門檻，腳突然停在半空中。「等一等，你是不是要陷害我？」如果是她，就會為了輕輕鬆鬆賺三十元而想出這種詭計。

「拜託，才不是！」伊凡說，「我准許你進我的房間清理！」

地上有兩張紙屑，潔西在心裡臭罵自己剛才沒注意到。伊凡看著她把紙屑撿起來丟進垃圾桶裡，臉上表情仍然沒變，潔西總是搞不懂這種表情是什麼意思。憤怒？挫折？不耐煩？懷疑？也有可能是一大堆混雜的心情，那潔西就不可能搞懂了。一種心情已經很難解讀，一大堆的話只會讓她完全摸不著頭腦。

她從伊凡旁邊走過去，準備回房間，卻被伊凡抓住手肘，搖了搖。「小潔，」他說，「不可以有下一次了，好嗎？因為有些事……」他朝裡面揮了揮手，好似涵蓋了屬於他的一切，他的點點滴滴。「有些事就是很隱祕的，你知道嗎？」

潔西點頭，可是她壓根就不懂伊凡在說什麼。

11
沉默是一台推土機

沉默是一台推土機

隱喻（metaphor，名詞）：一種表達方法，把一樣東西説成是另一樣不同的東西，以便比較兩者，找出相似處。例如：「媽媽是一艘戰艦」或「學校是雲霄飛車」。

星期五早晨，四年〇班排隊走進教室，歐佛頓老師坐在講桌後面，伊凡覺得她一臉疲倦的樣子。

「藍斯頓好嗎？」克里斯多福問，把他完成的情詩放在歐佛頓老師桌上「交作業」的籃子裡。

「好多了。他昨天病得很重。我們在動物醫院待了一整天。他得了肺炎，對藍斯頓這麼老的貓來說是很嚴重的病。不過獸醫開了一些藥，說他很快就會沒事。」

歐佛頓老師的講桌邊圍了一群學生，都是來關心藍斯頓的情況，順便交情詩的。伊凡注意到另一群人，大多是女生，圍在潔西的座位旁邊。她們想知道潔西是不是把調查的結果統計出來了，可是潔西什麼也不肯說。時間還沒到。

伊凡慢吞吞的從背包裡抽出一張紙，他希望圍在講桌邊的同學能回到座位上。他看著亞當隨手把詩放進籃子裡，活像那只是一張數學作業。伊凡知道亞當寫了關於籃球的詩，而保羅寫的是他們家的帆船，還有馬里克寫了一隻昆蟲，那天早晨他在操場上大聲朗誦給全班聽：

我從地板上挖出一隻蟲。

蟲子說嗨，看著我的眼睛。

我擁抱我的蟲。

壞主意！

掰掰，蟲子。

伊凡覺得這實在不能算是情詩，可是滿好笑的。他慢慢走向講桌，拿著詩的手垂在大腿旁。他等待著好時機，然後把詩放進籃子裡，寫著字的那面朝下，讓妮娜和班的詩壓在他的上面。

一整個早上他的心裡都七上八下的。他應該把那首關於外婆的詩交出去，還是描寫樹林裡帳篷的那首？媽媽說兩首都很好，可是讓他心跳加快、口乾舌燥的是外婆那首。最後一分鐘，他決定還是不要冒險，交了帳篷那一首。

幾個同學在跟歐佛頓老師說班上第二次出現神祕的心形糖果，莎莉忽然打岔說：「老師，糖果到底是不是你放的？」

「不是我。」歐佛頓老師慎重的說。

「就算是你，你也會說不是啊。」萊恩說，幾個同學也附和。

「有可能，可是真的不是我放的。我也很高興今天早晨你們的桌上沒有糖果。」

伊凡也很慶幸。他不想再得到一盒在沃爾瑪超市就可以買到的心形糖果，他決定了，如果又有神祕的糖果出現，他會看都不看，直接丟進垃圾桶。

「準備開晨會了，各位同學。」歐佛頓老師說，把大家都趕到地毯區。「今天，為了向我可憐的貓表示一點心意，他現在還在治療中，我們要上兩首詩。」

「兩首詩！」潔西大喊，「喔，幫幫忙！」

「我敢打賭你要讀藍斯頓．休斯的詩，」大衛說。

「不，我覺得你們會明白我為什麼選這首詩。」歐佛頓老師說，「這首詩叫〈霧〉。」她誇張的揮揮手，翻開了畫架，好像是揭開了市中心的一座雕像。莎莉把詩念出來，伊凡默默的讀起這首詩。

霧 作者／卡爾．桑德堡

霧來了，
踩著貓的腳步。

坐著眺望，
港口和城市，
默默的蹲著，
然後前進。

「這是隱喻！」妮娜大叫，指著一張藍斯頓的照片，上面說**隱喻與你同在**。歐佛頓老師教過他們，詩人有時候會用一樣東西來表示別的事情。

「答對了！」歐佛頓老師說，「這裡的隱喻是什麼？」幾乎一半的學生舉起手。

「霧是貓。」塔菲回答。

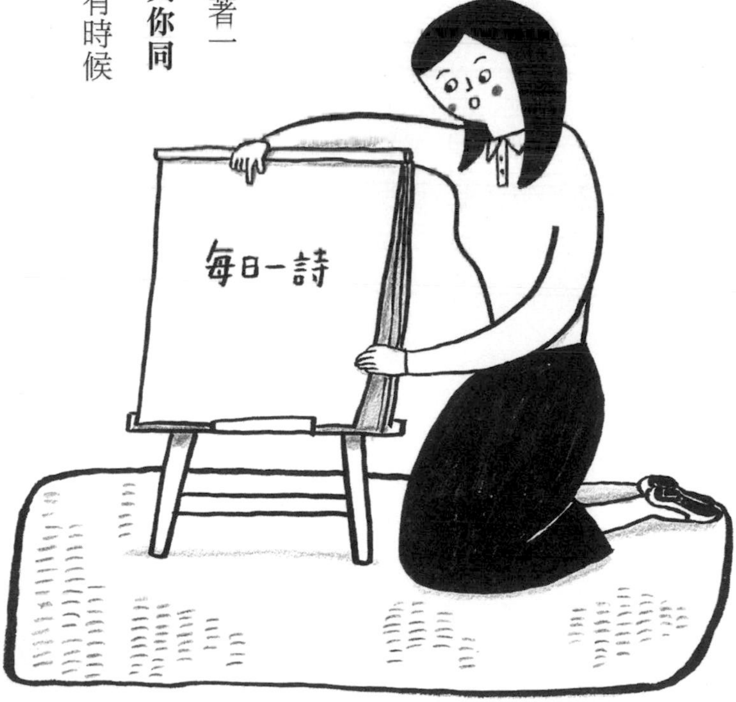

「霧就跟貓一樣，」美迪說，「它像一隻貓，偷偷的走來走去。」伊凡也認同。他以前不曾想過，可是現在他只要看到瀰漫他們家後院的霧氣，就一定會想到貓。

潔西搖頭。「霧才不像貓呢，一點也不像。霧是氣體，是空氣中的水滴；貓是動物，而且是活的。兩樣東西一點都不像。」

潔西說的沒錯，然而伊凡**看得見**。他看見霧用它長長的尾巴捲著屋角，拱起背摩擦著建築物，然後呼嚕呼嚕叫。他能想像霧呼嚕呼嚕叫。詩人是怎麼想出來的呢？

「第二首呢？」梅根問。

每個人期待的看著歐佛頓老師，伊凡覺得她的臉微微變紅了。

「嗯，其實第二首是我寫的。我昨天在動物醫院裡寫的。」

「你寫詩？」亞當問，「可是你是老師啊！」

「老師也能寫詩啊，」歐佛頓老師說，「每個人都可以。我不是說我的詩寫得跟桑德堡先生一樣好，可是是我寫的，而且我喜歡。」

伊凡不敢相信歐佛頓老師寫了詩。他向前靠，盯著老師翻開下一頁。

數肋骨

你的頭
虛弱得抬不起
我把頭躺在你的頭旁邊
一隻手
撫過絲滑熟悉的側面
手指感覺底下的骨頭
一　二　三
呼吸
四　五　六
拜託
七　八　九
呼吸

數數不讓我的眼淚流下
我的心臟撞破
它有肋骨做的籠子
呼吸　拜託　呼吸

念到最後一個字，歐佛頓老師的聲音變得沙啞，伊凡本來專注在紙上的字，立刻轉過去盯著老師的臉。她的眼眶裡有淚水在打轉，嘴唇輕微的顫抖。伊凡嚇到了，把頭轉過去看其他人。同學們盯著歐佛頓老師，沒有人知道該怎麼辦。老師是不應該哭的。

第一個有反應的人是梅根，她跳了起來，抱住了歐佛頓老師的一條胳臂，然後美迪、芮秋、泰莎也圍住老師，按住了她的肩膀和手臂，好似憑空建造了一道保護的籬笆。大多數的男生，包括伊凡，只是盯著自己的腳或是地板。沉默是一台推土機，把他們都翻在底下。

後來潔西說話了。

「歐佛頓老師，你為什麼哭？」她大聲問。

歐佛頓老師直接看著潔西，但是她的聲音依然很高、很沙啞。「因為藍斯頓病得很嚴重，我害怕我不得不讓他走。我差不多養了他一輩子了。」梅根輕拍歐佛頓老師的肩膀，伊凡看到梅根也哭了起來。

「可是那是昨天啊，」潔西說，「你自己說是**昨天**的。現在他好了，你難道不開心嗎？」

「對，潔西，他會好起來。我想這首詩只是把我帶回了當時的心情。我以為自己會失去藍頓斯時那種可怕無助的心情。詩就是這樣，表達一種心情，讓它很真實，在當下的那一刻。」

沒有人說話，每個人都在思索歐佛頓老師剛才說的話。然後伊凡以清晰的聲音說：「這是一首情詩。」

歐佛頓老師點頭。「對，非常對。」她的眼淚又湧上來了，而且看起來好像又要哭了，就在全班同學的面前。太恐怖了。

「而且寫得很好，」伊凡說，指著畫架。「因為念起來就像在呼吸。就好像你生病了，在喘氣。」

「而且還有押韻，」莎莉跟著說，「看到了嗎？頭和手，撞破和拜託。所以寫得很好。」

於是全班都在分析詩，找出押韻、半諧音的例子，所有的女生都坐了下來，歐佛頓老師的臉色也恢復到她在教四年級學生詩歌時應該有的老師樣子。

討論完詩以後，伊凡很快就回座位坐好，可是最先打開抽屜發現裡面有禮物的卻是卡莉．布朗奈。

「嘿！」她大叫著舉手，搖晃著手上的小盒子。「又有糖果了！」

12 插播新聞

插播新聞
（breaking news，名詞）
記者正在報導新聞時突然插進來的新消息。

一陣紛亂的腳步聲，四年〇班的同學都忙著回座位找糖果。潔西的座位很乾淨，所以她立刻就找到了糖果盒，但是其他人卻必須掏出皺巴巴的紙、筆記本和鉛筆盒，才能找到熟悉的粉紅色和紅色，上面用玻璃紙裝飾的盒子。每個人把盒子搖來搖去，沒多久教室就變成了一支響葫蘆樂團。

「我的寫**傑克船長**。」傑克．巴格達沙里恩說，然後還像海盜一樣吼叫，表示他值得這個名字。

「看看我的。」麥克．馬洪尼說，「**高飛吧！**」麥克的爸爸是機師，麥克坐過好幾次飛機。

潔西小心的從盒子裡拿出一顆糖，讀上面的字。「**好點子**。」這句評語似乎在哪裡聽過，她努力回想，可是歐佛頓老師幾近驚慌的大喊：「別吃！」潔西立刻把注意力轉移到老師身上。歐佛頓老師臉上露出卡通《嗶嗶鳥與大笨狼》裡，大笨狼發覺自己快掉下一千呎高峽谷的表情。潔西拿出記者筆記簿。這可是天大的新聞，她一點也不想錯過。

「這些糖是哪裡來的？」歐佛頓老師問。

「我可不可以去上廁所？」伊凡大聲問。

「現在不行，伊凡。」歐佛頓老師說，一手揉著額頭。

「我現在一定要去！」伊凡幾乎是用吼的。潔西瞪著哥哥，他是不是快要尿褲子了？可是他臉上反而露出像是要把誰的頭拔下來的神情。伊凡是在氣什麼？

「好吧，去吧，可是馬上回來。我們得弄清楚……」歐佛頓老師的表情彷彿是不知道該說什麼好。

潔西看著伊凡從門邊的鉤子上抓下上廁所木牌，衝出教室。他的手上有什麼紅紅的東西。潔西在筆記簿裡記錄下來。

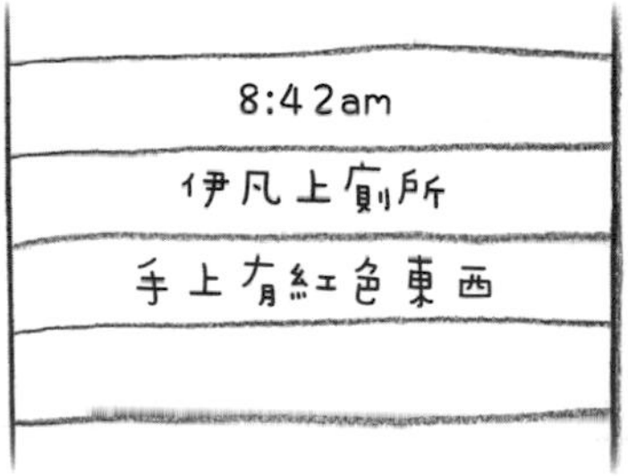

學生們在教室裡走來走去，比較彼此的心形糖。歐佛頓老師雙手插腰，站在原地，過了一會兒，歐佛頓老師走向電話，潔西趁機溜到伊凡的座位迅速的偷瞄

了一下。不出所料，座位亂得不得了，可是卻沒有糖果盒。

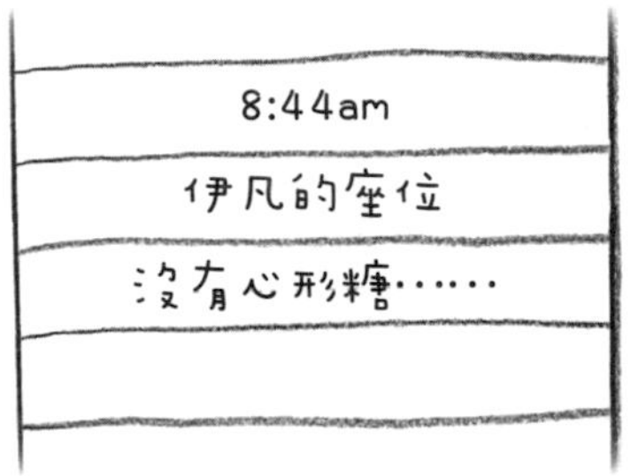

潔西彎下腰查看伊凡的桌子下方。「潔西，你不是在吃糖果吧？」歐佛頓老師問，一面講電話。

「沒有啦，老師，我是在看有沒有垃圾。」如果有東西掉在地板上，那就是垃圾。大家都知道。

「誰都不准吃東西。回座位坐好。我要把糖果收過來——」

教室裡有人大叫一聲。「不行！」史考特大聲喊。「我才不要交出來呢！」幾乎班上所有人都反對，不肯讓歐佛頓老師沒收他們的情人節禮物。

「潔西，這是私人財產，對不對？」泰莎問，「老師可以把屬於我們的東西拿走嗎？我是說，這樣合法嗎？」

剛開學時，潔西動員了所有人組成了一個法庭，讓史考特．斯賓塞為偷竊一萬零一百四十元受審，所以現在只要有法律上的問題，班上同學都會問潔西。

潔西聳聳肩。「我們是小孩子。」她已學到了現實的一面，法律是無法修正世界上所有不公平的事情。「我們甚至沒有權利擁有財產。」

「真的是這樣嗎，歐佛頓老師？」保羅問。

「太爛了啦！」傑克說。

「你可以拿走我們的東西？」雷問，「太不公平了！」

「各位同學，」歐佛頓老師說，「我只是不想要有人生病。我們並不知道糖果是從哪裡來的。」

「到現在都沒有人生病啊，我們這一個星期都在吃。」大衛說，「我敢說如果糖果有毒，現在已經有人死掉了。」

大家都同意大衛的說法。歐佛頓老師好不容易才讓學生們安靜下來，梅根又舉手了。「你可不可以讓我們把糖果帶回家，讓我們的爸媽來決定？」

伊凡在這時候回到教室，只有潔西一個人注意到。她看著他把木牌掛到鉤子上，然後回座位。他看起來仍然很生氣，而且兩手空空的。潔西把這一點也記錄下來。

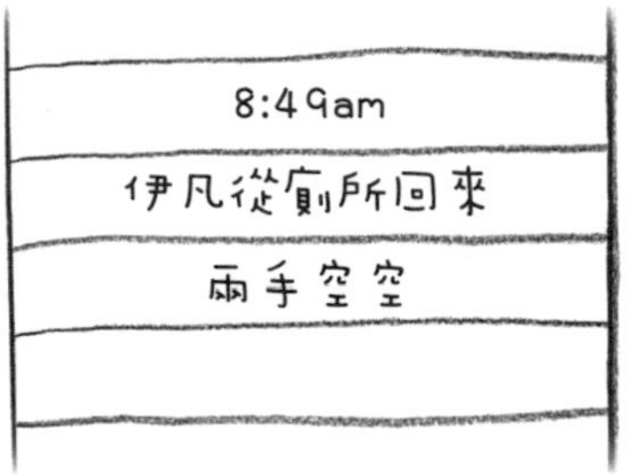

「大家聽好！」歐佛頓老師說，又主導了情勢。「我現在要把糖果收過來，等我和弗萊契校長談過再說。如果她說可以帶回家，我也沒意見。她是學校的負責人，所以她怎麼說我們就怎麼做。」歐佛頓老師拿起了講桌上的作業籃。「每個人都把糖果拿過來，排成音樂課的隊形，走到前面的時候順便交出糖果。」

潔西很高興這個星期她不是排頭。她落在隊伍的後面，決定要當最後一個人。等她排好以後，本來站在隊伍中間的大衛跑出來，繞到她的後面。

「你幹嘛？」潔西有點不高興，隊伍開始向前移動。

「怎樣？」大衛問她。

「脫隊又跑到最後面。」

「我又沒插隊。」

「我沒說你有。我問的是你為什麼要脫隊。」潔西注意到伊凡在跟歐佛頓老師說話，而歐佛頓老師看起來並不高興。

大衛聳聳肩。「我不算是站在隊伍裡。」

「你就是。」潔西搖搖頭說。她有時候覺得大衛．科克里安實在是班上最討厭的傢伙。

「我有權利站在我想站的地方，這裡是個自由的國家。」大衛兩手抱胸，直直瞪著潔西的頭頂。他比潔西高了大約一呎，所以輕輕鬆鬆就能做到。

輪到他們的時候，潔西把糖果放進籃子裡，她並不介意把糖果交出去，心形糖不是她的最愛，她不喜歡糖果刮她的牙齒。

潔西等著大家走到走廊的一半才跟歐佛頓老師說：「我想回教室一下。」歐佛頓老師捧著裝滿糖果的籃子，潔西知道老師想趁大家上音樂課時，把糖果拿到辦公室詢問弗萊契校長，所以歐佛頓老師絕不可能送她回教室，她現在滿腦子都是這些神祕的心形糖果。

「可以等一下嗎?」歐佛頓老師說。

「不行,我真的很需要那樣東西。馬上就好。」

「那就快點,然後直接去上音樂課。」歐佛頓老師說完向左轉,消失在辦公室裡,而學生的隊伍正朝音樂教室前進。

潔西快步超過大衛,匆匆回到教室。

「我跟你去。」大衛說。

潔西用力向後轉。「不行!」她現在最不想要的就是讓大衛.科克里安目擊她要做的事。大衛幾乎整個人往後跳了一步,然後停在原地,臉上的表情讓潔西猜不透,就算她用一百萬年研究也一樣。

她在走廊上奔跑,可是還沒到教室,就先在男生廁所停了下來。她真希望她的朋友麥斯維爾在這裡。麥斯維爾不但是個很厲害的間諜,也是個男生,可以讓她接下來要做的事情變得簡單許多。

不過呢,既然要當調查記者,就必須去做調查的骯髒工作。外婆說得好,該是把雞蛋打破的時候了。

潔西推開了男生廁所門，大聲叫：「有沒有人？」沒有人回答。

這間廁所跟女生的差好多喔！牆上那些奇怪的白色水槽是什麼？潔西瞪大眼睛看，卻看不出所以然。

突然間，她聽到走廊上有聲音，想起了如果有人看到她跑進男生廁所，會讓她惹上天大的麻煩。潔西快步跑到垃圾桶那裡，推開活門往裡看。

果然。

伊凡的那盒糖果在這兒。她想把盒子拉出來，可是她的手臂太短了，實在搆不著。於是她硬扯垃圾桶的蓋子，一分鐘後，蓋子掉了。沒想到那麼重，她好不容易才把蓋子放到地磚上，發出鏘一聲，嚇得她的心臟

蹦蹦狂跳。

潔西並沒有比垃圾桶高多少，所以要把垃圾桶翻倒，側放在地上實在不簡單，但她終於成功了，而且這一次她很小心，沒讓垃圾桶撞到地磚。她跪下來往裡面看，經過這麼一搖晃後，垃圾把糖果盒淹沒了。

這時廁所門打開，兩個小男生走進來。他們實在太小了，潔西猜一定是念上午班的幼稚園學生。兩個人勾肩搭背，還唱著歌。他們一看見潔西就停住了腳步。

「你不可以進來！」一個男生說。

「你們也不可以。」潔西說。這回答不聰明，可是一時之間她也只能想到這句話。

「為什麼不可以？」另一個男生說。第一個男生這時開始吸拇指。

「因為……你們必須離開！馬上！」最後一句話說得像是警報器一樣響亮，兩個男生同時跳了起來，拔腿就往門口跑。

潔西知道她大概還有三十秒的時間，然後就會有校工或是老師跑進廁所一探究竟。她伸手把皺成一團的濕紙巾掏出來。摸到這些髒兮兮、男生用過的紙巾，讓她好想吐，可是她還是照挖不誤。

找到了！她抓起糖果盒跑出廁所，還回頭看是不是有人在追她，可是根本就沒有人注意她。

她跑回自己的座位，停下來，一邊假裝拉外套，一邊檢查她從垃圾桶裡拿出來的糖果盒。紙盒壓扁了，好像是被一群大象踩過，裡頭的糖果只剩下一堆粉末，可是她找到了一塊上面還有字的。

13
像濕毯子一樣重

像濕毯子一樣重

明喻（simile，名詞）：使用「像」或「如」這類語詞來比擬一樣事物或感受。

星期六早晨伊凡一醒過來心情就不好，星期五晚上他上床睡覺時也帶著同樣的壞心情。這個壞心情跟了他一整天，掛在他的肩膀上，像一床又重又濕又黏的羊毛毯。

他為了家裡沒有牛奶而跟媽媽抱怨了足足十分鐘，又惡聲惡氣的罵潔西把鞋子脫在樓梯上害他絆到，媽媽和潔西都說他是野獸，叫他不要待在家裡，等他變回人類再回來。

他決定穿上雪鞋穿過樹林，走到墓園去。那裡有些樹可以爬，而且他也最喜歡在那裡思考。他到車庫去，在放戶外用品的大塑膠桶裡東翻西找。昨夜下了大約四吋的雪，其實穿普通的靴子就可以了，可是穿雪鞋比較好玩。

然後他又在車庫的架子上找，結果沒找到自己的，反而找到爸爸的，就放在那堆雪橇、塗鴉板、滑水板後面，夾在牆壁和一組棚架之間。

伊凡皺起眉頭。每次找東西就一定會找到爸爸的。有一次他在書架上找一本叫做《凱文的幻虎世界》的舊漫畫，結果找到了爸爸的飛蠅釣魚書；還有一次他把手伸得長長的，要拿衣櫃後面的乾淨枕頭套，卻把爸爸大學校隊的舊帽子拉了出來。伊凡恨透了這些會讓他想起爸爸的東西了。過去了就是過去了，回想過去根本就是浪費時間。

可是這一次，他看著那雙雪鞋，再看著自己的腳。今年他長大了不少，是班上第二高的男生，搞不好他可以穿得下爸爸的舊雪鞋。

他坐下來，把鞋帶調整到最小後將穿著靴子的腳伸進去，再把鞋跟的帶子綁到最緊。完成後他站起來，在車庫的水泥地面上走了幾步。雪鞋很穩固。

到了墓園，雪花飄飄，有的地方積了幾呎深的雪，但別的地方就只是薄薄的一層白粉。伊凡決定要繞整個墓園一圈，然後從中間來回交叉走，終點是內戰紀念碑。紀念碑是用三尊大砲焊在一起做成的。這樣走一趟他會熱到出汗，坐在冰冰的金屬大砲上會很舒服。

等他把雪鞋脫掉，開始爬上紀念碑的頂部之後，他慶幸自己沒忘記戴手套。冰冷的大砲會把手凍傷，而爬到頂端就像是要爬上一根巨大的黑色冰柱。不過伊凡很會爬樹，所以沒有往下溜多少次就爬上頂端了。

等他爬上去之後，那種通常會湧上心頭的感覺——就是讓他想要大喊「我是世界之王！」的感覺——卻沒有湧現，反倒是肩膀上那條又重又濕的毯子仍然跟著他，壓在他的肩膀上，就跟先前一樣。如果不能把壞心情甩開，那到外面來又有什麼意義呢？

但是接著又發生了更倒楣的事。梅根．莫里亞堤牽著她半盲的老狗從墓園另一頭的小路走來。伊凡最不想看到的人就是她，也最不想被她看到，所以他趕緊左右張望，看有沒有人在看他們。不過墓園空蕩蕩的。

梅根注意到伊凡的時候已經快走到紀念碑了。因為有風，所以她低著頭，而她的狗走在她後面，一副跟不上的模樣。梅根一看見他便抬起頭來熱切的揮手，臉上掛著大大的笑容。

伊凡只是不明顯的點了個頭，然後看著和梅根相反的方向。他不能假裝沒看見她，可是也絕對不能讓她以為他很在乎她在這裡。

「你爬到上面幹嘛？」梅根問他，一面走到了紀念碑的底座。

「沒幹嘛。」伊凡說，還聳肩表示她再問也問不出什麼來。

「我也上去。」梅根轉頭對著她的狗說：「坐下，不要動。」說完她的一隻腳就踩上了最矮的大砲。

「沒空間了。而且很滑，你可能會受傷。」

梅根停下來，把腳也移開，抬頭瞪著他。伊凡小心的看著遠處，好像是忘記她還在這裡。風又變大了，在紀念碑頂端實在很冷，伊凡心裡有一半希望能夠爬下去。有那麼千分之一秒，他想像著他們兩個一起走回他家喝熱巧克力，可是他把**那種**念頭從腦袋裡推出去，反而讓心裡的那頭野獸又跑出來，說：「狗不能進墓園，這是新規定。」

「沒人跟我說。」梅根說，「我們每次都來這裡遛狗。」

「那是因為你運氣好。要是警察看到你在這裡遛狗，他們會罰你九百元。」他其實不知道罰金是多少，也沒看過警察阻止別人在墓園裡遛狗。可是管理室的旁邊**真的**立了一塊告示。

梅根似乎不確定該怎麼辦。她拿起牽繩，站在原地東張西望。她很可能是在看有沒有警察，而且現在她的笑容不見了。

「那……你等一下要不要去滑雪橇？你跟潔西？我媽會帶我們到高中去。」

伊凡搖頭，繼續盯著遠方。「不要，我有事要做。潔西可能會跟你去。」

「好吧。那……那就……星期一見囉？」梅根說完笑了出來。「情人節耶！」

伊凡一臉不高興。「白痴情人節，幹嘛要發明這種節日啊。」

「情人節有什麼不好？」梅根問，一邊搔老狗的耳朵。「可以得到糖果呀。」

「對啦，那些噁心的心形糖果。根本就沒人想要。還有那些白痴的評語！」

梅根站得直挺挺的說：「那些評語有什麼不好？大家都喜歡。」

伊凡正要說「我就不喜歡」，可是他絕對不會告訴梅根班上只有他的糖果上沒有特別的字，是隨便就可以買到的。再說，他不想讓別人看到他在跟梅根．莫里亞堤說話，好像他們真的互相喜歡似的。

「隨便啦。嘿，我要走了。」他從大砲上滑下來，一落地就去拿雪鞋，然後直接蹦蹦跳跳的下坡，一路都沒有回頭。愈早讓梅根知道他不想跟她說話愈好，不然就太複雜了。

14 線報

線報
（tip，名詞）
交給記者的情報。

「麥斯維爾，我有個問題。」潔西說。她躺在床上，電話緊緊貼著耳朵。線路另一端沒有反應，潔西知道麥斯維爾在，因為她能聽到他呼吸。

「你為什麼不說話？」潔西問他。

「你又沒有問我問題。」麥斯維爾用平常那種沒起伏的聲音說。

「那又怎樣？有人說『我有問題』，你就應該說『真的嗎？』或者『什麼問題？說來聽聽』這種話啊。」潔西有時覺得很惱火，需要解釋這麼簡單的事，可是麥斯維爾就是這樣子。她等了一分鐘，等待他的反應，最後放棄了。「喔，拜託！我的問題是這樣的啦。」

她跟麥斯維爾說了調查表、神祕的糖果，以及有人在廁所門上畫愛心的事。

「我要寫一篇文章，叫『心形糖果之謎』，可是我還沒找出答案，而且也還沒解開廁所門上的祕密！」潔西在打電話給麥斯維爾之前一直在讀《百事通布朗》，她很喜歡書裡的每一章都包含了解開謎題的線索，也喜歡可以在書後面的「解答篇」裡找到每個謎題的答案。如果她知道四年〇班的兩個祕密，那她就有原子彈級的頭版報導了。「不知道耶，」她接著說，「我應該用調查表當我的頭版報導，大家好像都很好奇。**你**覺得我應該把哪一個故事放在頭版？」

「我也不知道。」

「我知道你**不知道**，我只是在問你的意見。」

「我沒有意見。」

潔西抽掉牛仔褲上的線頭。「要是我**知道**糖果是誰送的就好了，不然知道廁所門上的愛心是誰畫的也好。」

「搞不好是同一個人。」麥斯維爾說。

「哇，那一定是世紀大新聞！」潔西一想到自己解開了兩個謎團，報紙大成功，她的頭就像要爆炸一樣。到時候大家都會搶著要看《四年〇班廣場》，搞不好她還會得獎，像是普立茲獎之類的。

「我敢打賭我能查出廁所門上的心是誰畫的。」麥斯維爾說。他有一種獨特的天賦，能夠看出別人看不見的細節和圖案，但是潔西很肯定就連麥斯維爾都沒辦法比對出畫愛心的人。

「不行啦，我試過了，」潔西說，「我一直留意每個人的筆跡，沒有人把M、E、T寫成那樣。」

「那就比對圖畫啊。」麥斯維爾說。

「什麼意思？」

「看誰畫出來的心跟廁所的一樣，你就抓到小偷了。」

「我們又沒有要抓小偷！」潔西說，「只是有個人在廁所門上寫了很白痴的話而已。搞不好是五年級的呢！」

「跟著心走。」麥斯維爾說，聲音變得深沉恐怖。「跟著心走。」

潔西靜下心思考一分鐘。她倒是沒想過這個方法，而她覺得這是一個星期以來獲得的最佳線報。然後她說：「麥斯維爾，你是天才。」

「那還用說。」麥斯維爾說。潔西聽見他最愛的電腦遊戲音樂在線路那一端輕輕響起。「我是麥斯維爾，我很聰明。」

跟麥斯維爾講完電話之後，潔西晃到地下室，挖掘堆在角落的東西。她得把一盒火種、一張折起來的牌桌、一具巨大的黑武士達斯．維達人形紙板推開，才找到她要找的東西：去年夏天為了贏得檸檬水戰爭所畫的招牌。她瞪著其中一張很久很久，這一張招牌上有隻貓用吸管喝著檸檬水，而角落上散佈著一些用紙剪出來的心，那些不是她剪的。

然後她走向工作檯，在裁剪下來的紙片中翻找，最後找到了一張粉紅色的圖畫紙。傑西把那張紙舉了起來，瞪著剩下的洞。

「啊哈！」潔西低聲說。

15 情人節之夜

情人節之夜

諧和音（consonance，名詞）：連續幾個字重複同一個音（特別是子音）。

影子愈拉愈長，冬天的最後一抹陽光也落在樹後面，這時候外婆的情況最糟糕。昏暗的光線會導致她混亂，彷彿是陰影和房屋的黑暗角落關住了她的回憶，而她再也沒辦法看清楚。回憶就在那裡，只是她怎麼找都找不到。

時間剛過五點，伊凡走進廚房，看見外婆站在打開的食品室前面，把架子上的罐頭和盒子丟在地上。平常她會午睡到六點，醒來剛好吃晚餐，可是有時候她沒辦法靜下來。伊凡注意到她的襯衫沒扣，而且光著腳。這可不是好徵兆。

「嘿，外婆。」伊凡叫她。他已經知道在外婆糊塗的時候不可以不出聲就接近她，有時候伊凡太快走到她後面，會把她嚇一跳。

「太糟糕了。」外婆說，「我們沒有需要的東西。」

伊凡不知道是不是該上樓找媽媽下來，後來又想起媽媽去五金行了。她很快會回來，而他必須讓外婆平靜下來，等媽媽回家。「我們需要什麼東西？」他問。

「咳，什麼都需要啊。今年冬天會很漫長，可是我們……什麼都沒有。」外婆對著食品室揮手，裡面放著琳瑯滿目的物品。「沒有豆子，沒有番茄。南瓜、玉米、胡椒、蘋果醬，什麼都沒有！我們今天冬天要餓肚子了。光靠愛是活不下去的，知道嗎？」

伊凡一步步前進。外婆是在農場長大的，大多數的食物都是他們自己養或種的。雖然現在農場已經不再經營了，她仍然有一片很大的菜園，每年夏天尾聲都會把蔬果做成罐頭。外婆把農場裡種的桃子李子摘下來做成罐頭，伊凡一直都很喜歡看一排排玻璃罐擺在架子上放涼的景象。

可是外婆今年夏天搬來跟他們一起住，菜園不知道變成什麼樣子了。伊凡想像著菜園裡雜草叢生，枝葉糾纏，籬笆也塌下來。

「我們有番茄啊，看？」伊凡說著打開另一個櫥櫃，拿了一個商店買來的番茄罐頭。

外婆快步走過來，把罐頭搶走。她雖然八十歲了，有時候動作還是快得嚇人。「這是什麼？這是什麼？」她把罐頭丟在地上，立刻又開始翻找剛才打開的櫥櫃。**喔，慘了**。伊凡心想。**看我做的好事**。他必須想個辦法讓她鎮定下來，某件可以讓她分心，不再管櫥櫃的事情，不然的話整個地板就要被食物淹沒了，整理起來得花上好幾個小時。

「外婆，你知不知道今天是情人節？」其實還差一天，可是伊凡打賭外婆不知道。

「現在根本不是白天。」外婆說，漫不經心的朝窗戶揮手。

「那就情人節之夜嘛。」

「嗯。」外婆說，可是動作一點也沒有變慢。她翻到烘焙材料了，正把一袋袋的麵粉和玉米粉拉出來。「這些可以用。」她說著把一袋五磅重的糖放在一邊。

「我要送你一份情人節禮物，你要不要看？」伊凡有點狗急跳牆了，外婆只要變成這樣，就很難說她接下來會做什麼。他看著時鐘：五點十五分。媽媽什麼時候回來啊？

「來嘛。」他輕輕握住外婆的手，把她從櫥櫃前拉開。「我拿你的情人節禮物給你看。」幸好她沒有抗拒。外婆老是老，力氣仍然很大，伊凡很慶幸不必跟她纏鬥。

當他們走到樓梯一半時，她說：「我們要去哪裡？」

「我有情人節禮物要送給你。今天是情人節耶。」伊凡說。

外婆微笑。「我最愛情人節了。」再走了幾步之後她又問：「我們要去哪裡？」到了他的房間，伊凡輕聲細語的要外婆坐在床上。他很高興潔西的房間門關著，還掛了上鎖牌。她一整天都在弄她的報紙，伊凡希望她會待在房間裡直到媽媽回來。潔西不喜歡看到外婆變糊塗，她會跟著焦躁，然後大呼小叫，反而把情況弄得更加不可收拾。伊凡得自己一個人處理。

「你看，我還包裝了。」他說，然後把包裹交給外婆，不知道她會不會拆開。這些日子以來，外婆變得讓人沒辦法預測。

「給我的？」她吃吃笑著。「我最愛驚喜了。謝謝！」她很快就把包裝紙撕開，然後大聲念出了伊凡寫的那首詩，他至少抄了五遍才滿意。

一棵樹（沒有）
會吱吱叫的膝蓋
可是
外婆有
一棵樹（不會忘記）
我的名字
可是

外婆會
一棵樹（站得高高的）
又驕傲
又美好
而外婆是
一棵樹

外婆看著詩，然後對伊凡微笑，顯然看不懂。「送我的？」她問。

伊凡點頭。「我為你寫的詩。」他不介意把詩拿給外婆看。他喜歡詩是祕密，但是讓外婆知道沒關係，不會洩漏。

「寫得真好，寫得真好。」外婆把一隻手放在他的頭頂，拍了幾下。「你是個好孩子，」伊凡知道她又不太記得他是誰了，對他的記憶跑到了搆不著的地方，躲在她心靈的某個黑暗角落裡。「我……我也要送你一樣東西。我要送你一首詩。」外婆站了起來，像松樹一樣站得又高又直，然後大聲朗誦：

我帶著你的心（我帶在心裡）
片刻不離
（我到哪裡你到哪裡，我親愛的；
我做什麼你做什麼，我的親愛的）

我不怕命運（因為你是我的命運，我的甜心）
我不要別的世界（因為美麗的你是我的世界，我的真愛）
你就是一輪明月
你就是歡唱的太陽

這是一個誰也不知道的祕密
（這是一株叫生命的樹的根之根，苞之苞，天空之天空；
長得比靈魂還要高，心靈夢想都藏不了）
而就是這種神奇讓星星分散

我帶著你的心（我帶在心裡）

外婆坐下來，牽起他的手，拍一拍。她在微笑，而且眼神明亮。「這是E. E.康明斯寫的詩，他是我最喜歡的詩人。」

伊凡瞪著外婆，像是從沒見過她似的。「我不知道你喜歡詩，外婆！」

「是啊，每個人都要學詩。我們每年都要背一首詩，我還滿厲害的呢，是全班第一名。」她低頭看著手上加了框的詩。「這首詩寫得很好，是E. E.康明斯寫的嗎？」

伊凡低頭挨向外婆。

「對，他為你寫的。」

16
頭版版面設計

頭版版面設計
（front-page layout，名詞）
把文字與圖片排列在報紙的第一頁，充分利用每一個空間，而且頭條可以吸引讀者的注意。

潔西知道今天是個大日子。她關上衣櫃門，提起床邊的背包，再抓起裝了二十八份《四年〇班廣場》的袋子。她今天起了個大早，把報紙印好折好，現在可以出刊了！

她把手伸進袋子裡，抽出一份報紙，舉得高高的，方便她欣賞頭版。真是十全十美！頭條精彩，排版整齊俐落，而且整張紙都寫滿了。這點非常重要，因為真正的報紙是不會有空白的。

說起來真是好險。昨天她終於把頭版的文章排好，還包括了她精彩的圓形統計表，結果還剩下一塊空白的框框。沒有很大，只是最後一欄大概空了三吋，可是潔西知道不能空著，能用什麼來填補呢？

忽然間，她有個絕妙的點子。她可以把伊凡的詩放上去，長度剛剛好！而且她可以想像伊凡看見自己的作品刊登在報紙上會有多興奮。人人都看得見。他可能會興奮得大吼大叫。她決定要給他一個驚喜。

接著她把報紙翻過來，她在後面放了兩篇報導，分別是心形糖之謎以及廁所門上的祕密，就跟《百事通布朗》書裡的章節一樣。讀者可以自己解開謎題，因為線索分佈在報紙上的每一幅圖畫和每一篇文章裡，可是你必須翻到下一頁才會找到答案。潔西一看見方形框裡的答案，就忍不住微笑。實在是大師級的傑作啊！

「潔西，我叫你把床單拆下來，你弄好了沒？」崔斯基太太在樓下喊。星期一是崔斯基家的洗衣日，孩子們要把床單拆下來，拿到樓下的洗衣室。

「我沒時間了啦！」潔西大喊，只想帶著原子彈級的報紙到學校去，連一分鐘都不願浪費。

「你有很多時間。現在就弄，小姐！」

跟媽媽強辯一點用也沒有，尤其是扯上洗衣服。於是她把袋子放下，書包丟在地板上，然後把床舖從牆邊拉開，才能拆掉毯子和床單。

結果有東西掉在地上。

潔西看著床舖和牆壁之間有一張折起來的紙。潔西的心往下沉，伸手撿了起來。

那是第二十七份調查表，她星期四找不到的那一張！潔西用力坐在床上。藍斯頓大聲叫著「**分子在上，分母在下**」的圖像躍入她的腦海。她用二十六當分母計算，可是正確的數字是二十七！也就是說她的頭版報導上的每個統計都是錯誤的，整篇報導都是錯誤的，而在上學之前已經沒有時間修正了！

毀了，全都毀了。

是誰寫的？她好想尖叫，用力搖著紙張，好像都是這張紙害的。她知道不能怪別人，可是她還是好想對**某人**生氣。她快速讀了一遍，看能不能找出是誰寫的。

調查表
① 你有沒有喜歡誰？有
② 是不是四年O班的人？是
③ 那個人知道你喜歡他嗎？不知道
④ 用哪一種方法來告訴那個人你喜歡他最好？（選一個）
自己告訴他
叫朋友跟他說
寫紙條
其他（請說明 希望他們自己猜出來
寫下你喜歡的那個人的名字：
潔西
（建議：偽裝你的筆跡）

潔西瞪著皺巴巴的紙。她並不意外自己不認得這個字跡。

會是誰呢？

她再看一遍。奇怪了。四年〇班有人喜歡她。那是什麼意思？她應該有什麼感覺？真是一團謎。可是卻是她猜不出的那種謎。

潔西把那張調查表對折，放進背包裡。下課時她必須重新計算調查結果。她有一件非常重要的事，那就是讓報紙大獲好評。如果裡面的數據不對，報紙就不可能成功。有人喜歡她這件事她會改天再來思索。

上課鐘響了，潔西匆匆走向置物櫃，把報紙放在最底下，平常她都把靴子擺在這裡。然後她用外套蓋住裝報紙的紙袋，再把靴子放上去。除非她把數字修改好，不然她不希望有人來動這些報紙。

當她轉身要進教室，突然想起忙亂了一早上——洗衣服，她對報紙出刊的興奮，意外發現遺失的調查表，當然還有知道班上有人喜歡她的震驚——居然讓她在出門前忘了上廁所。喔，太好了，今天真是愈來愈美好了！

她急急忙忙跑到女生廁所，探頭去看裡面有沒有人，一確定是空的，就往倒數第二間走去。

正當潔西準備推開門，她忽然發現底下露出了一雙鞋子，而且她認得這雙鞋子！

「你在裡面幹嘛？」潔西問。她真的需要上廁所，沒時間聊天了。

梅根沒有回答，反而傳出奇怪的聲音，像是有人在漱口。

「你沒事吧？」潔西等待。「你怎麼不說話？」

門後的聲音連潔西都不會搞錯。

「你為什麼在哭？」潔西實在想不通。怎麼會有人躲在廁所裡哭？有那麼多別的地方。「要不要叫護士來？」

「不要！」梅根說。

「那，我需要上廁所。」

「那就去上啊！」

「我只上這一間，你必須出來。」

「不行！」

「那……」潔西不知道該怎麼辦，不過無論她要怎麼辦，都得要**趕快**辦。她把身體重量從左腳換到右腳，然後又換回左腳。

突然間門開了，梅根走出來，一雙眼睛紅紅的，臉頰上也有眼淚。她看起來很糟，兩隻手裡捏著一團濕濕的衛生紙。「去上啊！」她說，從潔西身旁衝過去，好像不想被別人看見。

「等我上完。」潔西說完趕緊進去，以免發生大災難。等她出來，看見梅根站在洗手台前。潔西仔細的洗手，低聲唱洗手歌，確定把手上的細菌都洗乾淨後指著廁所門，問梅根：「你為什麼要把你畫的心擦掉？」

「誰說是**我**畫的？」梅根問，聲音很生氣。

「因為廁所裡的心跟檸檬水招牌上的心很像，歪歪的。後來你在我家用紙剪了一個。」潔西指著空的

廁所。「你偽裝了筆跡，可是你忘了偽裝你畫的心。」

梅根的眼睛眉毛全部皺在一起，又哭了起來。

「喔，拜託，拿去！」她抽了三張紙巾，遞給梅根。「像這樣。」潔西拿回一張紙巾，握成一團又放開，重複了五六次。「這樣會比較軟。」

梅根把紙巾接過來擦眼淚，然後做了幾次深呼吸。「你還看得見嗎？」她問，看著廁所門。

「嗯，變淡了，可是還是看得見。」潔西一邊說一邊彎下腰綁鞋帶，然後直起身。「我不懂。**你**畫了心，幹嘛又要擦掉？」

「因為現在變得……變得很丟臉！」

「那你一開始幹嘛要畫呢？」潔西大喊。這種對話一點道理也沒有。梅根畫了心，後來潔西問起來她又生氣，而且還寫在廁所門上！她的行為完全說不通。

梅根點頭。「我忍不住嘛。就好像是**非要**寫在門上不可，我阻止不了自己。」

潔西搖頭。「你需要多多練習控制衝動。」媽媽偶爾會這樣跟她說。

「我能怎麼辦？」梅根傷心的說，「戀愛的時候就會這樣。」她重重的嘆了口氣，瞪著手上皺巴巴的紙巾。「你知道我的意思吧？」

潔西瞪著她。「我一點也聽不懂你在說什麼。」

「唉，算你幸運，」梅根愁眉苦臉的說，然後用紙巾擦鼻子。「嘿，潔西，伊凡為什麼不喜歡我？我還以為我們是朋友呢。」

「你說的『喜歡』是什麼意思？」潔西想到了調查結果，特別是某一張，那一張的筆跡她**認得**，幾乎就跟她認得自己的筆跡一樣。

「你知道是什麼意思。你覺得他**喜歡**我嗎？」

潔西變得僵硬。「我沒有被授權談論這件事，而且我發過誓要保守祕密。」她想到了調查表的第四題。「再說，有百分之三十七的同學認為應該要自己跟對方說。」喔，慘了，現在就連這個統計數字也錯了，潔西可真是給自己找了個大麻煩。

「真的？」

「嗯，大概啦。要是大家都不要再把愛情這種東西當成什麼最高機密，事情就會簡單很多。雖然還是沒道理，可是會簡單很多。」

「你說的也有道理。」梅根若有所思的說。

「我們快遲到了。」潔西說，「我不喜歡遲到。」

「嗯，好吧。我們還是朋友吧？」梅根伸出手，可是潔西知道梅根從廁所出來後沒洗手，所以她只拍了拍梅根的肩膀，說：「那還用說。」

然後兩人急忙回到教室。今天是情人節，有許多事情要做。

17 絕望比海深

絕望比海深
誇飾（hyperbole，名詞）：
極度誇大的一句話。

「伊凡，潔西今天缺席嗎？」歐佛頓老師拿著點名簿問。今天是情人節，歐佛頓老師特別在紅毛衣上別了一顆粉紅色的心。在放學之前，學生會把他們的情人節禮物送給同學，把卡片放在他們上星期創作的鞋盒裡。

「沒啊，她應該在什麼地方。」伊凡說。四年〇班的學生都坐好準備上課，可是有幾張桌子是空的。伊凡注意到潔西、梅根、嘉茲、莎拉都不見了。他倒是慶幸梅根不在。伊凡不想在情人節應付朋友拿他跟梅根開玩笑，再說，他不想看到梅根被他冷落臉上傷心的表情。所以，梅根缺席是好事，雖然他心裡有一點小小的失望。

幾分鐘後，潔西和梅根走進教室，回到座位。

「你們兩個遲到了。」歐佛頓老師說，但是一看見梅根的臉就沒再往下說。「下次不可以，知道嗎？」

「歐佛頓老師？」潔西說，「下課的時候我能不能留在教室裡弄報紙？我需要先修正幾個地方才能發出去，那是情人節特刊。」

「喔！」史考特．斯賓塞亂叫，幾個男生也跟著笑。伊凡瞪著早上的練習卷，他可不要被扯進這個對話裡。

「潔西，你要跟我們說調查結果了嗎？」芮秋問。

「對啊，我們想知道。你答應過的。」塔菲說。

潔西面對全班露出微笑。「對。完整——而且正確——的調查結果會刊登在報紙的頭版上。還有一些特別報導。首先，會解開一個甜蜜的謎題。」潔西說到這裡直勾勾的看著梅根。「**而且**還有一位讓大家意想不到的詩人寫的詩。」

伊凡看著潔西的視線射向他，還對他露出一抹微笑。

「什麼調查？」歐佛頓老師問。

「愛情的調查！」史考特．斯塞賓大聲叫。男生們發出親吻的聲音，嘖嘖嘖弄得很大聲。

「潔西？」

「只是我做的一份調查表，每個同學都要回答。費尼老師說沒關係！」伊凡聽見潔西的聲音變得像老鼠的叫聲，她一緊張就會這樣。

歐佛頓老師直直瞪著潔西，然後拿鉛筆敲講桌。「在你把報紙發出去之前，我要先看過，好嗎？我會在下課時間看。現在呢……」她轉頭注視全班。「我要告訴你們最新的消息，跟我星期五從你們那裡收過來的糖果有關。」

「沒收的！」史考特．斯賓塞大吼。他的媽媽是律師。

「私人財產！」大衛．科克里安也高聲喊叫。

「還權於民！」馬里克大喊完聳聳肩，表示他只是在亂鬧。

「注意！」歐佛頓老師揚起一邊眉毛，只要她警告他們安靜下來，就會有這個動作。伊凡很佩服這點，他從來沒見過有人能像歐佛頓老師把一邊眉毛挑得這麼高。「我剛才說，我跟弗萊契校長談過，她也跟督學談過，最後的決定是，因為我們不知道糖果的**來源**，所以不能把糖果還給你們。」

「喔，拜託！」幾個學生大喊。

「只是糖果而已，有什麼好大驚小怪的！」雷說。

「而且是情人節耶！」莎莉說。

「對！」大多數的學生異口同聲喊。

「夠了！我剛才說了，已經決定了。」歐佛頓老師嚴厲的看著全班。

好極了。伊凡心想。**不會再有討厭的心形糖了**。

潔西舉手。「老師，如果我們知道糖果是哪裡來的呢？會不會不一樣？」

歐佛頓老師一臉為難的看著她。「潔西，你要不要跟我私下談？」

「不要。」潔西的臉像是一塊空白的石板，大部分的人都搞不清楚是怎麼回事，但是伊凡知道潔西的腦子裡又有什麼點子了。

「如果我們知道糖果是誰送的，可能會變得不一樣。也可能不會。要看情況。」歐佛頓老師說。

就在這時，廣播宣布今天早上的集會取消。廣播一結束，歐佛頓老師就叫班上分成小組，他們要繼續進行拯救雨林計劃。

伊凡轉頭找他的小組，發現他們聚集在後面的桌子。他加入其他組員，一顆心卻不在那棵大木棉樹上，而是在猜測為什麼潔西提到詩的時候要直直看著他。那是一首伊凡特別喜歡的詩嗎？

接著他想到了一件可怕的事情。會不會是他送給外婆的那首放在相框裡的詩？潔西一定在外婆的梳妝台上注意到了，然後把它抄下來，放到報紙上，讓每個人看。伊凡兩手摀著臉，呻吟了起來。

18 停刊

停刊
（kill，動詞）
不刊登準備或是即將出版的報導或報紙。

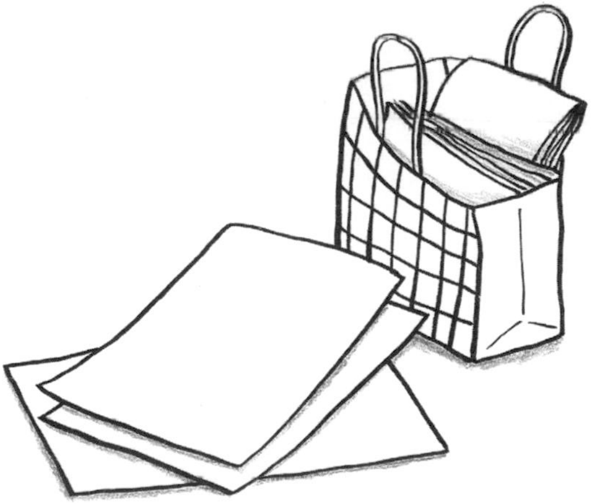

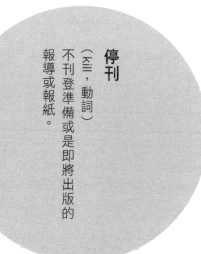

不需要超級大偵探也知道歐佛頓老師不會讓潔西把報紙發給全班同學，潔西不明白為什麼，可是有關愛情的事物就是會讓大家變得怪怪的。潔西只要看一眼歐佛頓老師聽到「愛情調查」之後的表情，就知道這個額外加分作業會在繳交之前就宣告終止，她會讓《四年〇班廣場》的情人節特刊停刊，而潔西一想到這裡就受不了。她一切的辛苦──統計調查結果，寫文章，翻男生廁所的垃圾桶──都是白忙一場。她再也找不到像這一次的頭版報導了，這次的頭版人人都會想看。這是她成為明星記者，跟她爸爸一樣的唯一機會。雖然說她的統計有一點失誤，但這份報紙仍然是決定勝負的關鍵。

「嗯，」潔西對著空空的教室說，「現在是打破幾顆雞蛋的時候了。」所以當歐佛頓老師去找校長討論集會取消該怎麼辦，潔西趁機走出教室，從置物櫃拿了裝報紙的紙袋，然後戴上帽子、手套，披上圍巾、外套，再穿上靴子，朝操場走去。**我就像以前的報童**。她心裡想，也想像自己站在操場中央大喊：「號外！號外！快來看啊！」

潔西在走到野餐桌區之前掃瞄了一遍，大概一半的同學在操場另一邊踢足球，好像沒有分組，每個人都在雪地上跑來跑去，為了保暖而追逐著球。大約四個同學圍在「綠機器」旁邊，「綠機器」是位於操場中央、漆成綠色的金屬攀爬組合。另外還有四、五個同學在盪鞦韆，他們緊緊抓著冰冷的金屬鍊，彷彿手套被凍成冰棒。只有大衛．科克里安例外。他一個人沿著操場的外圍走路，他常常在下課時間這麼做。

潔西看見梅根從鞦韆上跳下來，向她跑來。

「潔西！」梅根說，「你說有個謎題解開了是什麼意思？什麼謎題？」潔西看著梅根的臉，看得出她在擔心。擔心是一種很容易看出來的心情。

「心形糖果之謎。」潔西說，「我知道是誰送的。」

梅根茫然瞪著她，嘴巴微張，過了一會兒才問：「是誰？」

「是你！我終於想通了。所有的線索都在眼前，可是剛開始我必須先查出廁所裡的字是誰寫的，等我查出是你以後，我就知道糖果是你送的了。」

梅根搖頭。「你是怎麼查的？」

「簡單。神祕的送糖果人在每個人的心形糖上面都寫了**正確的**句子，只有伊凡的糖果上面寫了**我愛你**，所以一定是你送的，因為你愛伊凡。」潔西兩手抱胸，謎題解開了。「還有，你在我的糖果上面寫**好點子**，去年夏天你在我的評語卡上就是這麼寫的，記得嗎？」

潔西把手伸到口袋裡，掏出了她小心保存了幾個月的評語卡。

> 你真的是一個好人，而且你每次都有好點子。跟你在一起很好玩，我很高興你是我的朋友。

「而且呢，」潔西豎起食指，像個明智的哲學家。「你叔叔開糖果工廠。」潔西說完露出微笑，舉起一份報紙讓梅根看頭版報導。

「都在上面嗎？」梅根一臉悲慘的問。

「對，」潔西得意的說，「每個人都會知道是你送糖果給他們，他們一定會愛死你的！」

「潔西！你不懂嗎？每個人都會**知道**耶！」梅根的臉又變形了，潔西發現她的眼眶裡有淚水在打轉。梅根在哭嗎？她為什麼要哭？

她還沒來得及問，伊凡就跑過來了。「潔西，我需要跟你講話，單獨講。」

他抓住了潔西的手臂想把她拉走，但一聽見潔西說：「梅根在哭。」立刻停下來。

伊凡轉頭看著梅根。「**她**為什麼哭？」

「因為糖果是她送的，而且……」潔西聳聳肩。她實在搞不懂愛情這種東西。

「是你？」伊凡的聲音生氣的拉高。「那些字是你寫的？」

梅根虛弱的點點頭。

19 梅根．莫里亞堤

梅根．莫里亞堤

頭韻（alliteration，名詞）：前後左右字詞的第一個字母或發音相同。

伊凡退後了一步，兩手插進外套口袋裡。「那……那種事實在不太好。我是說，我沒關係啦，可是如果你要寫給全班的同學特別的話，那你就不應該跳過一個。」

梅根沮喪的搖頭。「我沒有，你這個笨蛋。」

「你明明就有！」伊凡真的生氣了。他的糖果只是店裡買來的，其他人的都是特別為他們寫的，他甚至不敢拿給別人看！他不是必須藏起來就是丟到垃圾桶裡。結果這麼卑鄙的事情居然是**梅根**做的？他還以為他們是朋友呢。他還喜歡過她。**好像**喜歡她。

梅根現在不哭了，反而像是想打伊凡的鼻子一拳的表情。「那些話是**專門**為你寫的。只有你有那種糖果，那些是最特別的話。」

伊凡愣住了。她在說什麼？他回想自己得到的那三盒心形糖。**給你。當我的情人。我♥你。**

突然間，伊凡感覺自己的胃往下墜。「喔！」他只發出這個聲音，然後就雙手抱胸，瞪著在踢足球的朋友。

「現在是怎樣啊？」潔西先看看梅根，又看看伊凡。「你們兩個幹嘛互相生氣？我還以為你們互相喜歡耶！」

「我可沒有。」梅根熱辣辣的說。

「嗯。」伊凡出聲，卻想不出該說什麼。他的腦袋好像空了，每個字都收進了行李箱，送到南邊的佛羅里達過冬了。

「把詩拿給她看啊。」潔西說，一面把手伸進了裝報紙的袋子裡。

但伊凡搶先一步從潔西的手上把袋子硬搶過來，她的手上只剩下紙袋的提把。「嘿！你不可以這樣啦！」她大吼，揮舞著斷掉的提把，可是伊凡已經抽出了一份報紙，把袋子塞在腋下。他背對著兩個女生，掃描頭版。

果然有。

公然寫在報紙上。

讓每一個人看。

他的詩。他寫給梅根・莫里亞堤的情詩。

20 著作權

著作權
（copyright，名詞）
作者獨占的合法權利，只有他能出版作品，或是允許別人出版他的作品。

潔西拔腳去追伊凡，可是他跑得比她快多了，而且他又先跑，所以她繞到學校後面時，他已經不見蹤影了。潔西一直跑到幼稚園的操場，那是在校園的另一邊，而且不允許大孩子進入，可是潔西看見伊凡躲到牆角，那裡沒有風，也不會被人看見。他在讀她的報紙，裝著所有報紙的雜貨袋擱在他的腳邊。

潔西大步走向他說：「把我的報紙還來！」

「你不能把這些發出去。」他說。

「我偏要！」

「不行！」

「我不必聽你的話，伊凡．崔斯基！」潔西伸手去拿袋子，可是伊凡先抓住了，而且轉身躲開她的攻擊，就像他在籃球場上轉身護球一樣。

「對！可是我比你高、比你壯，而且比你**大**。所以你拿我沒辦法。」

潔西撲向她哥哥。「那是我的，還來！」伊凡伸長一隻手擋住她，另一手把袋子舉得高高的，不讓她拿到。

「不要鬧了！」他說，「讓我先看！」

突然間，潔西想到伊凡是她的第一個讀者。她不再搶了，反而密切的觀察他。那是她一直以來的目標：寫出讓別人無法放下的東西。

伊凡把雜貨袋放在地上，夾在兩腳間。他的閱讀速度慢，很久才看完頭版。潔西看著他翻到背面，讀了心形糖果的解答，然後轉而看向她。潔西很熟悉他臉上的表情，他又要跟她說明什麼了。

「喂，潔西，」他說，「我應該真的很氣你，我也真的很生氣，可是我知道你只是不……不懂。事情是這樣的，你不能把報紙發出去。」他兩腳併攏，把雜貨袋安全的夾在兩腳間。

「為什麼？」潔西問。她的一顆心往下墜，感覺她做了不對的事。這種事別的小孩會知道，可是她就是不懂。「報紙不好嗎？」

「嗯，不是，你寫得很好，用那麼多線索解開了謎題。」伊凡點點頭。「真的很好。」

「那為什麼不能發出去？我敢打賭別的同學也都很想看。」

「因為你會害梅根**丟臉**，而且還可能會害她惹上麻煩。我是說，你告訴每個人說她在廁所門上寫字，又說她在學校裡送糖果。她一定會被叫到校長室，搞不好還會被罰待在家裡，不能上學。」

「她在做那種事以前就應該要先想到啊！」潔西說。潔西相信要守規矩，可是話說回來，她也違規跑來幼稚園的操場，**而且**她還一直在計劃要在歐佛頓老師有機會檢查報紙之前先發出去。認真說起來，這樣也不算是真的違規，可是她知道這樣做不應該。

潔西迅速的東張西望，看有沒有人注意到她在操場上，或是歐佛頓老師有沒有在找她。

「可是你真的想要害梅根惹麻煩嗎？我是說，嘿，她是梅根耶。全四年級最好心的人。」

沒錯，梅根總是很和善，而且從來不會排斥或是嘲笑別人。除了伊凡之外，她是潔西最好的朋友。

「還有，潔西，你在調查結果裡把名字也寫上去了。你寫出大家喜歡的人的名字。」

「可是我沒有說是誰喜歡誰啊！我根本就不知道，調查表都沒有記名。」

「對，可是想想看那些名字沒有在上面的人會有什麼感覺，一定會很難過。」

「為什麼？」潔西問。她真的不懂。為什麼會有人在乎有沒有人喜歡他們？她覺得一點道理也沒有。但是她立刻想起那份遺失的調查表，以及底下寫的名字：她的名字。她不知道該作何感想，不過的確感覺怪怪的。

「還有，潔西！」伊凡的語調聽起來真的很生氣，跟她不經許可就跑進他房間的時候一模一樣。「我的詩呢？你是從哪裡拿的？」

潔西的聲音小到幾乎聽不見。「垃圾桶裡。」

「**你**翻我的垃圾桶？」潔西能聽出伊凡聲音中的火氣。她不想要他生氣，她的本意是要讓他開心驕傲的。

「那個紙團像一隻烏龜，所以我就打開來看了。」她迷惑的搖搖頭。「我還以為你看到你的詩刊出來會開心。你應該要驕傲，你寫得這麼好，媽說你寫給外婆的詩是她讀過最棒的一首。」

「可是那是**私人的**東西，小潔。」伊凡說，「你不懂嗎？我不想讓別人知道我寫詩。很丟臉。」

潔西不懂。為什麼要隱藏自己的才華？為什麼不想讓別人知道你有多棒？潔西總是想讓大家注意到她是最優秀的。

「再說。」伊凡說，「那首詩是我的。**我的**。懂了吧？要是我一輩子都不想拿給別人看，我就不會拿出來。」

這一點潔西倒是理解。如果作者不願意讓你出版，那你就不可以出版，這叫做著作權，而且是法律明文規定的。

「那怎麼辦？」潔西指著伊凡腳邊的那袋報紙。他瞪著她。「我可不可以只發一點點？」潔西不確定的問。

「除非我死掉。」伊凡說。

潔西覺得整個世界都在崩潰。樹木、校舍、鞦韆架，甚至是伊凡，不停收縮消失，只剩下她一個人站在空洞的地方。只要她沒辦法弄懂究竟是什麼情況時，就會有這種感覺。世界變成白茫茫的一片，周遭的聲音像被悶住似的古怪，這時，她就想要爬到自己的床上，讀一本她熟悉的書，書裡的故事一定都是同樣的情節，潔西會知道下一頁的發展是什麼。

她看著伊凡手上的報紙，她美麗的報紙。每個人都會想看，可是她不能把報紙發出去。

「你來做。」她說，「我沒辦法。」

伊凡一手按住她的肩。「來吧。我們兩個一起做。」

21 混蛋和詩人

混蛋和詩人

並列（juxtaposition，名詞）：把兩個非常不同的字詞或想法放在一起，創造出奇異的對比（但兩者之間仍有關聯）。

下課時間結束後，走廊上滿滿都是學生，大家都急著要把外套、靴子、圍巾收進櫃子裡，回到教室。伊凡一點也不急，他把置物櫃裡的東西整理又整理，而梅根就跟平常一樣，是最後一個進教室的。

最後走廊上只剩下幾個學生，伊凡對梅根招手要她在置物櫃前等待，終於，只剩下他們兩個人。伊凡向梅根走去，知道每隔一秒鐘他的臉都變得更紅一點。他希望她會以為是因為外面太冷的關係。

「對不起，」他說，「這幾天我像個混蛋。那些傢伙一直在笑我，我只是不想讓他們煩我。我不是故意要對你很壞的。」

梅根點頭，一臉悲慘的說：「我也一直被笑。我最近做了不少笨事，而且我根本不知道為什麼會去做。每件事都好奇怪喔。」

「我知道你的意思。」伊凡的心臟加速，一分鐘可以跑一哩路。他把右手插進褲子後面口袋裡，可以感覺到塞在口袋裡的那張紙。

「就只是……」梅根停下來，做個深呼吸，然後再睜開眼睛。「我喜歡你，伊凡。」

伊凡感覺心臟在胸腔裡跳躍，全身突然流過一道暖流，連指尖都暖洋洋的。

剎那間，他懷疑自己是不是漂浮起來了，彷彿他內心的快樂是一架噴射器，把他輕輕送上了天空。

「可是我可不想跟你約會喔！」梅根脫口說。

砰！輕盈的感覺消失了。伊凡驚訝的退後半步，張開嘴巴，卻發不出聲音。耳朵裡鈴鈴作響，他能感覺到他的胃開始旋轉。

「一點也不好玩！」梅根瞪著他，表情既擔心又難過。伊凡的胃仍然不停旋轉，耳朵裡的鈴鈴聲愈來愈響亮，他覺得他的視線像是從一條很細很細的管子裡擠出來的。他透過一條隧道在看梅根的臉，而且距離愈來愈遠，周遭的每樣東西都愈來愈遠。

這就是他一直在等待的事情，在恐懼的事情。這種失控的感覺。

「你怎麼了？」梅根問。

伊凡總算搖搖頭。

「你在生氣嗎？」

「沒有。」這句話孤伶伶的溜出來，感覺好可憐，伊凡真希望能再多說幾句話來跟它作伴。

「那……我們可以當朋友嗎？」

朋友。伊凡感覺旋轉的速度稍微變慢了。

「當然啊，朋友。」他沙啞著聲音說。

梅根微笑。「好，這樣就比較好玩了。」她的表情慢慢和緩下來，就像是石頭掉進池塘後，表面的漣漪漸漸消失。

就這樣嗎？伊凡很納悶。他覺得應該要檢查自己的胳臂、雙腿、肋骨，看是不是仍然完整。梅根轉身要進教室。

「等一下！」他說，「我有東西……有個東西……我想給你看。」他伸手到褲子口袋裡掏出了《四年〇班廣場》，唯一沒有毀掉的一份，其他的他和潔西都撕碎了，丟進了學校後面的垃圾場。「是……是我寫的東西。」他把報紙遞給梅根。他特意折起來，露出了他的詩。

馬尾女生 作者／伊凡．崔斯基

馬尾女生

飛奔而過
總是遲到
你笑你的
最近在我心裡
快樂大笑
你笑你的
親切微笑
你奔跑過去
我呆呆站著
說不出話　動彈不了

梅根默默讀詩，伊凡專心盯著她的馬尾。他耳朵裡的鈴鈴聲現在比較小了，他的視線也恢復正常了。

最後，梅根抬頭看著伊凡。「可以給我嗎？」

伊凡點頭。「可是你要發誓絕對不可以拿給別人看，這輩子都不行。」

「我發誓。」梅根綻開笑臉說。

伊凡和梅根一動也不動站在那裡，伊凡不知道接下來該怎麼辦，直到歐佛頓老師的聲音從教室飄出來：「拿出你們的科學筆記簿。」才讓他們想起該進教室上課了。伊凡聽到走廊那邊的廁所門撞開，然後是砰的一聲。他沒有多想，可是史考特．斯賓塞像閃電一樣跑過來，順手搶走了梅根手上的報紙。

「喔耶！」他大叫，「我是第一個拿到的！」

22

「一切適合刊載的新聞」

「一切適合刊載的新聞」這是《紐約時報》的座右銘，印在每一份報紙的頭版；意思是報紙不會刊登不正確、不負責，或蓄意傷害別人的報導。

四一〇廣場
♡♥♡ 情人節特刊 ♡♥♡
◎一切 適合刊載的新聞◎
我們對
愛情的看法

「安靜！」歐佛頓老師大聲說。

教室裡簡直是無法無天了。史考特把報紙舉在頭頂上揮舞，繞著放沙鼠的書架跑；伊凡在後面追，一面大喊：「你最好還來，不然要你好看！」

歐佛頓老師又一次拍手。「史考特，把報紙給我，快一點！」

「他是從我這裡偷走的！」梅根大聲喊。

「那是我的！」伊凡大吼。

「技術上來說，」潔西說，「那是我的。」

「史考特．斯賓塞，立刻把報紙拿過來！」

史考特緩緩走向歐佛頓老師，他把報紙攤開來，在交出去之前貪心的讀者能看到的每一個字。潔西看得出來他一心只想要讀報紙——**她的**報導——知道自己做出來的報紙有那麼好，忍不住讓她感到一點點興奮。

潔西看著伊凡跟著史考特站在老師面前。「拜託，歐佛頓老師，不要看。那是私人的東西。」

歐佛頓老師看了一下頭版，抬起頭，直直看著潔西。「潔西？這是怎麼回事？」

潔西舉起雙手，再放下來。「我想要寫出原子彈等級的報導，我想要寫出每個人都想看的東西。」潔西仍然不懂這樣有什麼不對，可是四年〇班的同學就像是一群逼近獵物準備殺戮的野狼。

「看來你的目標達到了。」歐佛頓老師的表情並不開心。她會處罰潔西嗎？把她送到校長室？

「潔西**答應**要告訴我們調查的結果，」泰莎說，「答應過的事就要做到。」

「沒錯。」歐佛頓老師說，「我們都知道藍斯頓對承諾是怎麼說的。」她指著藍斯頓的照片，在那張照片中吐出的話是：**不能信守的承諾不要隨便說。言出必行。**

「歐佛頓老師？」梅根說，「我可不可以把我的建議專欄讀給同學聽？」

「現在不要，梅根。」

「很重要耶。」她說。

「我們不想聽你的建議專欄啦！」傑克大喊，「我們要知道誰在戀愛！」全班開始發出不同的噪音，可是歐佛頓老師只舉高一隻手就讓大家安靜下來。

「拜託嘛！」梅根說，「那個跟愛情沒有關係啦。」

歐佛頓老師允許梅根把想讀的部分給她看，然後同意她念出來。

親愛的四年○班的朋友：

我覺得很難過。我做了一件不應該做的事。沒有人知道。我的心情每天都很壞，我一直在等著被人發現。我該怎麼辦？

四年級的有罪人

親愛的有罪人：

除非你坦白承認，不然你的心情不會變好。去找一個你信任的大人，跟他實話實說。我保證說了之後你就會變開心。

梅根把報紙折起來，還給老師。「我決定要聽我自己的勸告。歐佛頓老師，糖果是我送的。我知道不應該，可是情人節耶，我覺得送糖果滿不錯的。」

潔西東看看西看看，同學們坐在座位上一動也不動，可不是每天都有人承認自己犯了罪。

「還有，」梅根繼續說，還吸了一大口氣。「我在廁所門上寫字，我想把它擦掉，可是擦不掉。**對不起！**」說完她的眼淚就掉下來了，大顆大顆的眼淚。潔西從來沒看過有人這樣哭，讓她想起之前看的一捲錄影帶，是河裡的水壩在暴雨中被沖破了。嘩啦！嘩啦！

歐佛頓老師摟住梅根，似乎壓根就不介意梅根的眼淚鼻涕把她的襯衫前襟都弄濕了。對潔西來說，這就是歐佛頓老師是好老師的證明。

其他的同學儘量不去看他們，盯著地板、腳或是桌子。

潔西抬頭看向藍斯頓的照片，他說：「**凡人會犯錯，聖人會原諒。**」

梅根的哭聲變小以後，

歐佛頓老師遞給她一盒面紙，要她去健康中心跟護士要濕毛巾，順便在那裡休息幾分鐘。

「好，」歐佛頓老師說，「大家到地毯區坐下。」每個人都急急忙忙走到地毯區，很高興能把剛才目睹的不舒服場面拋到腦後。歐佛頓老師坐在自己的搖椅上。

「好，」歐佛頓老師說，「這份報紙是誰的？」

伊凡和潔西都舉手。

「是我寫的，」潔西說，「可是那一份是伊凡的。」

「我們每個人都應該有一份，不止是伊凡。」卡莉提醒她。

「對，你答應過的，潔西！」大多數的學生都點頭。

「我們都寫了調查表，所以報紙不是應該屬於大家的嗎？」大衛說。

「我不能發給你們，」潔西說，「我把不應該放的東西放上去了。」

「是不確實的東西嗎？」歐佛頓老師問。

「不是啦，每一個字都是千真萬確的。只是我放了一首詩，可是沒有得到作者的許可，所以侵占了著作權。而且還寫了一些人的名字，可能會傷害到別人……」潔西說到最後沒了聲音。她仍然沒弄懂傷害別人感情的這部分。她了解著作權法，可是其他事情在她的心裡卻像是一坨爛泥巴。

「那你可以告訴我們結果，但不要把名字說出來呀！把名字藏起來。」莎莉說。

「對，把詩去掉嘛，」萊恩說，「誰在乎詩。」

「我在乎！」歐佛頓老師說，「可是只有在得到作者許可的時候才能出版他的詩。我想你也應該學到教訓了，潔西。」

潔西點頭。她覺得既難過又氣餒。她的原子彈等級作品失敗了。

她看著坐在搖椅上的老師和旁邊的畫架，歐佛頓老師在看報紙。她看完了第一頁又翻到後面，而且一直讀，好像沒辦法放下來。

「你編得非常好，潔西，」歐佛頓老師說，把報紙對折。「你不但是一個很優秀的調查記者，也是文筆很好的作者，對挑選詩也很有眼光。」她說這句話時看著伊凡，潔西看到伊凡的臉上舞動著笑容。

「也許……」潔西說，「我可以重新寫一次？不使用任何人的名字？」

歐佛頓老師一手扶著下巴，在搖椅上前後搖晃。他們都知道這是她沉思時的姿勢，而他們最好乖乖保持安靜。她用食指輕點了下巴幾下，然後問潔西：「你會在新報紙裡把圓形統計表也放進去嗎？」

「會！」潔西說。她愛死圓形統計表了。

「也放幾首詩？」

「一整頁都是，」潔西保證。「可是要作者同意。」

「那麼你可以重寫一份報紙，可是在發出去前要先讓我看過。聽懂了嗎？」

「遵命！」潔西說。

四年〇班廣場

情人節特刊　　**一切適合刊載的新聞**

我們對愛情的看法：四年〇班廣場獨家報導！

記者／潔西．崔斯基

山坡小學四年級有史以來最令人興奮的愛情調查，結果出爐了。

首先，你知道有超過一半的四年級生在生命中的某個時刻暗戀過別人嗎？記者非常驚訝的發現了這件事。不過如果你還沒有暗戀過，別擔心，不是只有你一個人。

在四年〇班，大多數的同學現在都有喜歡的人，而且幾乎都是四年〇班的同學！所以我猜

調查問題5：

用哪一種方法來告訴那個人你喜歡他最好？（選一個）

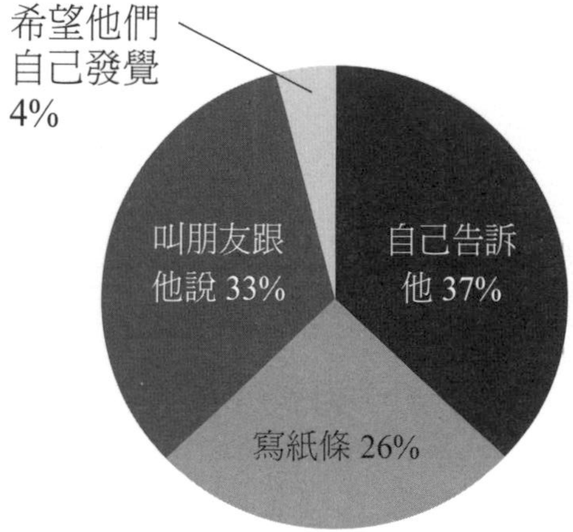

如果你戀愛了，你可能會跟同班同學戀愛。

下列是最驚人的統計數字：在四年〇班戀愛的同學中，沒有一個告訴了對方！在所有的調查中，統計數字高達百分之一百是非常不尋常的，但是這一次卻是如此。為什麼大家都不跟他們喜歡的人說呢？記者也無法解開這個謎題。

你該怎麼告訴別人你喜歡他呢？大家的意見似乎都不一致。班上同學的看法也很分歧：當面告訴他們，請朋友去說，寫紙條。有一位同學說他希望對方自己發覺。（按：這種溝通方式非常差勁！）

好了，現在呈現給各位最驚人、從來沒有報導過的結果：四年〇班同學對愛情的看法。別忘記：《四年〇班廣場》是第一個讓你知道的喔！

♡♡♡♡♡♡♡

調查問題1：

你有沒有喜歡誰？

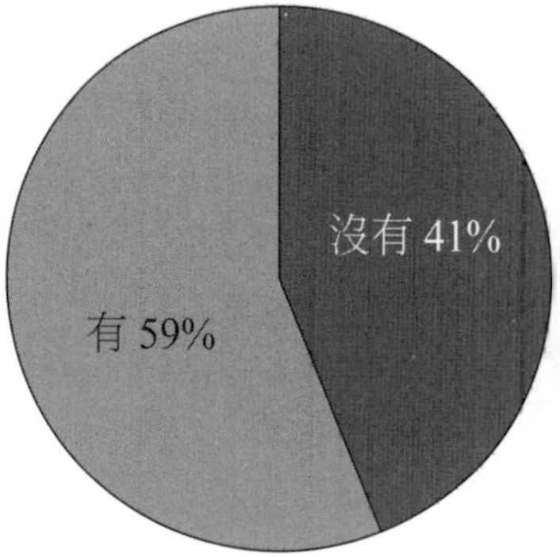

調查問題2：

是不是四年〇班的人？

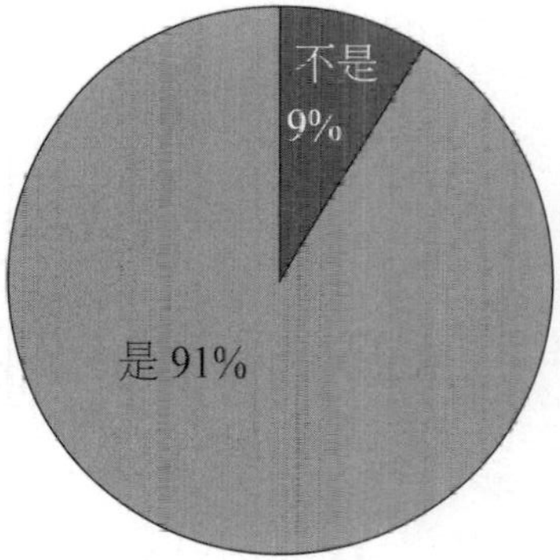

調查問題4：

你曾經暗戀過嗎？

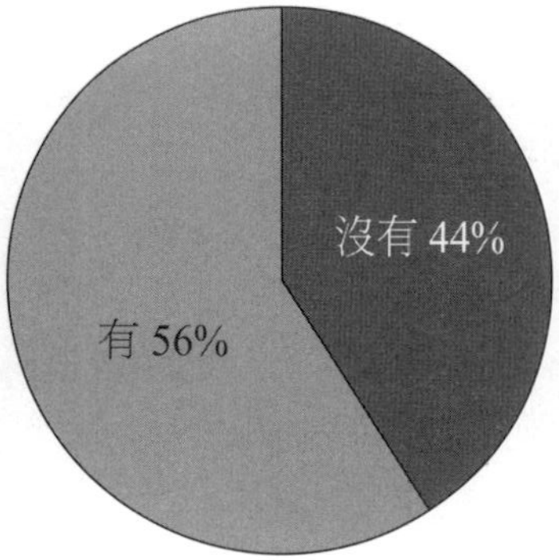

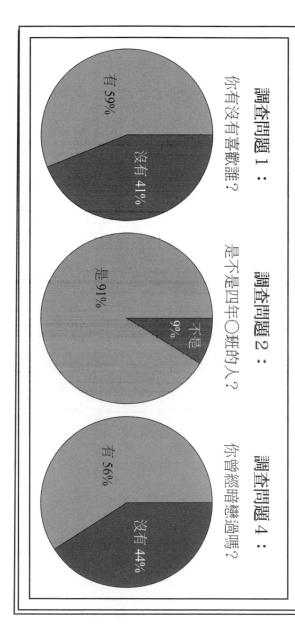

甜蜜的真相！
專訪梅根・莫里亞堤

記者／潔西・崔斯基

星期一的情人節，四年〇班的每位同學都知道了寫著神祕訊息的心形糖果是誰送的：梅根・莫里亞堤！也就是說梅根正式成為全四年級最「甜蜜」的學生。

我們在操場找到梅根，她同意為《四年〇班廣場》回答一些問題。下列是這次的訪談！

問：你為什麼想送糖果給同學？

答：我都會在情人節卡片裡面放糖果。通常我都放迷你巧克力，因為扁扁的，比較適合放進信封裡。可是今年弗萊契校長禁止送糖果，我就有點生氣，於是決定我還是要放。我知道違反校規是錯的，可是我覺得這條校規不是很好。

問：那些心形糖果是怎麼做的？

答：很簡單。我叔叔開了一家糖果工廠，他一直都在做有特殊詞句的心形糖，大家會在婚禮和生日的時候送人。他有一台很特別的印刷機，只要把詞句打進去，愛印幾盒就印幾盒。不過有一個地方很麻煩，就是字不能超過兩行，而且每一行只能有九個字母，所以上面的句子一定都很短。

問：你是怎麼把糖果放到我們的座位裡的？

答：喔，這是最困難的部分了。我必須在教室裡沒人的時候放，所以要選在上學前、放學後或是下課休息的時間。費尼老師來代課的那天很輕鬆，可是歐佛頓老師在的時候真的很難。她很精明！幸好她也很忙，可是也因為這樣我才沒辦法在星期二或是星期三送糖果，我根本就沒有機會。

問：你會後悔做了這件事嗎？

答：說真的嗎？會也不會。我很後悔違反了校規，我知道我們不應該違反規定。可是是情人節耶！一年只有一次。而且情人節本來就要有糖果，至少對我來說是這樣。而且我覺得幾乎每個人都很喜歡那些糖果和詞句。我非常努力的去想班上的每個人有什麼特別的地方。大家都有才藝，我想讓他們覺得很開心。我想要說：「嘿，你真的很棒！」所以我才寫了特殊的詞句。因為情人節就是跟愛情有關，而愛情也包括喜歡自己啊。我想要讓四年〇班的每一個人都有一天喜歡自己。

❀ ❀ ❀ ❀ ❀ ❀ ❀ ❀

我的夢想 繪者／克里斯多福・貝

四年○班的朋友：給四年級的建議

記者／梅根．莫里亞堤

親愛的四年○班的朋友：

我覺得很難過。我做了一件不應該做的事。沒有人知道。我的心情每天都很壞。我一直在等著被人發現。我該怎麼辦？

四年級的有罪人

親愛的有罪人：

除非你坦白承認，不然你的心情不會變好。去找一個你信任的大人，跟他實話實說。我保證說了之後你就會變開心。

親愛的四年○班的朋友：

我們為什麼要為班上的每一個人做情人節卡片？我誰也不喜歡。不騙你，有一些人**我一點也不喜歡**。為什麼我要做情人節卡片給他們？

討厭做情人節卡片

親愛的小討厭：

我聽見了！做二十七張情人節卡片確實很花時間，我自己就花了大概四個小時。可是你必須要送每個人卡片，這樣才不會有人覺得被排斥。如果你自己只收到幾張卡片，會有什麼感覺？所以我的建議是去書店買一盒情人節卡片，這樣你就不會覺得討厭了。

親愛的四年○班的朋友：

說起來很丟臉，可是我的兩隻腳很臭。不是隨時都臭，可是冬天我穿著靴子在操場跑步，我的腳就會流很多汗。然後我們回來上課，脫掉靴子，有兩個同學說我的腳臭死了。幫幫我！

又臭又難過

親愛的又臭又難過：

首先，你的同學不應該

說你的腳臭死了，那樣太沒禮貌了。第二，我把你的問題拿去問我媽，她說你可以到藥妝店買除腳臭的東西。還有，你有沒有每天洗腳？應該要每天洗。試試這些方法，希望能解決你的問題。

親愛的四年○班的朋友：

因為我們在班上讀的那些詩，我決定長大要當詩人。詩人是真正的工作嗎？他們會不會賺一大堆錢？當詩人很難嗎？

愛上詩的人

親愛的愛上詩的人：

看你的簽名就知道了！如果你愛詩，那你應該要當詩人。我問了歐佛頓老師，她說當詩人根本就不賺錢。可是我覺得你還是應該去做你喜歡的事情。比方說，我喜歡寫這個建議專欄，可是我也一毛錢都沒賺到啊！

體育報導

記者／萊恩．哈特，
梅根．莫里亞堤，
傑克．巴格達沙里恩，
泰莎．詹姆斯

以下是本週末四年級女生籃球賽的成績：

老虎 22 / 暴龍 27
北極熊 5 / 野貓 12
老鷹 31 / 大黃蜂 19

以下是本週末四年級男生籃球賽的成績：

公牛 19 / 獵鷹 22
灰熊 17 / 湖人 16
溜馬 39 / 塞爾提克 20
小牛 7 / 雷霆 27

室內足球賽全部取消，因為室內球場的屋頂仍然漏水，沒有人知道幾時會修好。

本期特刊：
詩歌園地

（所有的詩都經過作者同意刊登）

祕密
梅根・莫里亞堤

有些祕密是　好的
像閃亮的、濕濕的珍珠
你串成了一條　項鍊
一，二，三！

有些祕密感覺像　石頭
壓住你的　心
把你往下拖

有些祕密像　針
一直戳一直戳一直戳
等著說出來
那些是最最危險的祕密

史丹利
馬里克・路易斯

我的狗黃又柔。
他坐在我腳上，痛死我了！
我大叫：「下去！」
可是他是狗，所以
他只是舔我的臉。
我愛我的狗。

樹林裡的帳篷
伊凡・崔斯基

你看見
斷掉的樹枝
我看見
完美的宮殿

你看見
扭曲的繩索
我看見
安全的地方

你看見
不起眼的東西
我看見
一個家

寫給媽媽的詩
潔西・崔斯基
（伊凡・崔斯基協助）

花瓶只是花瓶
直到你給它插上了花
魔法棒只是一根樹枝
如果沒有神奇的力量

鑽石只是一塊石頭
直到你把它正確切割
朝陽沒什麼了不起
除非你是從晚上看起

我媽就像朝陽
溫暖美麗金黃
我媽就像鑽石
堅強清澈勇敢

可是我媽不是一朵花
長在多雨的天氣裡
她像花瓶
把我們裝在一起

我只想說
潔西・崔斯基

我拿了
你放在
房間裡的
詩

那是
你可能
不想要
公開的

原諒我　詩寫得太好
而我想　讓你發光

（按：歐佛頓老師說這樣使用威廉・卡洛斯・威廉斯的詩沒關係，因為大家都知道這是仿作。像這樣的詩叫模仿詩，只是模仿詩應該是好笑的，這篇卻是嚴肅的。）

雪塵
羅伯・佛洛斯特

烏鴉
把雪塵
抖落在我身上
從一株鐵杉上

讓我的心
轉換了心情
也挽救了我的
某些悔憾

（按：歐佛頓老師念給我們聽的那首馬在雪夜停在樹林裡的詩也是羅伯・佛洛斯特寫的。我比較喜歡這一首，因為馬不會思考也不會發問，可是烏真的會把雪抖落在人身上，我知道，因為上個星期我就發生過這種事。）

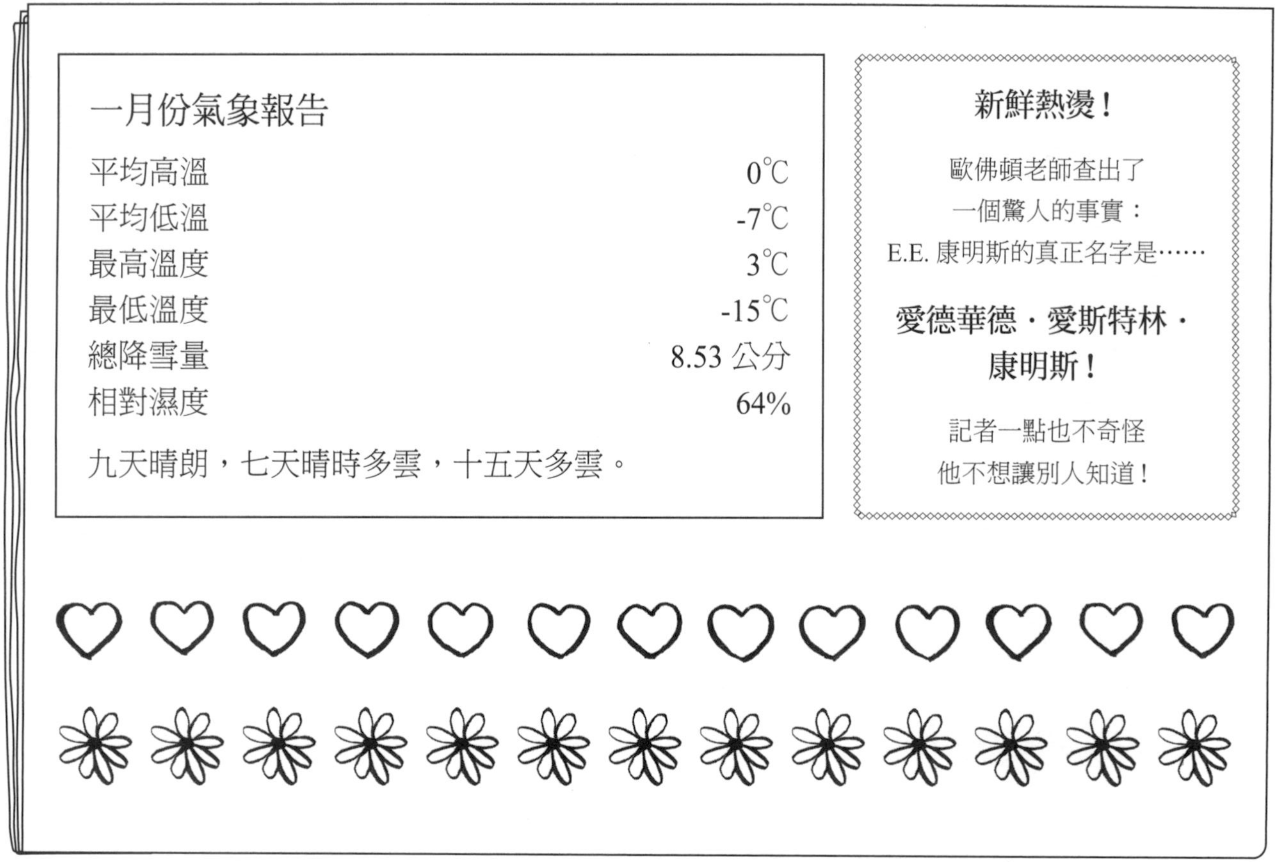

一月份氣象報告

平均高溫	0℃
平均低溫	-7℃
最高溫度	3℃
最低溫度	-15℃
總降雪量	8.53 公分
相對濕度	64%

九天晴朗，七天晴時多雲，十五天多雲。

新鮮熱燙！

歐佛頓老師查出了
一個驚人的事實：
E.E. 康明斯的真正名字是……

愛德華德．愛斯特林．康明斯！

記者一點也不奇怪
他不想讓別人知道！

讀書會

由閱讀典範教師林怡辰老師領軍帶路，
十五個精心設計的提問與學習活動，
打通思辯經脈，累積理解能力，
從「隨性閱讀」進階到「策略閱讀」，
培養獨立閱讀寫作的能力！

談「喜歡」和「愛」的傑作

題目設計／彰化縣原斗國小教師林怡辰

孩子「喜歡」異性是很正常的事情，可是我們的教育裡卻很少談「喜歡」和「如何處理喜歡的情緒」。暗戀一個人的心情怎麼處理？不說心裡千萬隻螞蟻叮咬，一顆心定不下來；但告訴別人，又擔心被洩漏。而且要告訴誰呢？或者，要告白嗎？那要用什麼方式怎麼告白才好呢？

繼《檸檬水戰爭》與《檸檬水犯罪事件》後，賈桂林．戴維斯又推出另一本傑作。前兩本說的是行銷、數學和法律，這次的《神祕情人節》巧妙的融合了純純的愛、詩和編報。主題的選擇性和易讀性，貼近孩子的語言，不管哪個層次都有孩子可以投射的對象，甚至在故事中經歷最差的狀況：被全班同學起鬨，被喜歡的人誤會了……如果真的是這樣，我該怎麼辦？閱讀就有這樣的魔力，在不同角色的心理獨白和思考中，換位思考，站在對方的角度看自己，學著思考如果是自己又該怎麼辦？拿捏中，沒有一定的答案，但深切的思考過後，選擇的答案有理由、更體貼。

每個孩子都會遇到的生活經驗，不該因為大人的強烈禁止不說、不談而封閉。情緒感覺依舊存在，最後只會累積之後釀成錯誤。和孩子一起輕輕翻開這本書，聊聊曾經有過的感覺，傾聽他的感受，讓我們和孩子感受喜歡一個人的美好、那種縈繞心頭卻每天忐忑麻辣的滋味，讓孩子享受被喜歡的喜悅和珍惜喜歡他人的自己，藉由閱讀《神祕情人節》，澄清自己、同理別人，懂得正確的被愛和愛人，在愛裡坦承。

1 伊凡和梅根心裡都有喜歡的人，說一說，書裡描寫看見喜歡的人的心理感受，作者怎麼描寫喜歡一個人的感覺呢？

2 伊凡明明喜歡梅根，卻在廁所事件之後對梅根異常冷漠，從書中找出幾個理由並說明證據支持你的理由。

3 比較伊凡和梅根發現自己有喜歡的人之後，各做了哪些相關的事情，他們不一樣的表達方式，又分別帶來什麼影響？

4 請你也填一填潔西的調查表，並核對最後的圓餅圖，看看你是屬於哪一種？如果在調查表中找不到適合你的選項，請你再改造調查表。

5 書中談到有各式各樣的愛，也有不同的表達方式，例如梅根直接對伊凡說、外婆寫信告訴伊凡、伊凡寫情詩給梅根等。如果是你，你會選擇哪一種方式？請說明理由。

6 最後梅根坦承告訴伊凡她喜歡伊凡，卻又說不想約會，你喜歡作者這樣安排嗎？如果由你來改寫，會有怎麼樣的結局呢？

7 如果你是潔西，發現調查表中有一張上面寫著有人喜歡你，你也知道是誰，你會和潔西一樣置之不理嗎？或是你會採取什麼樣的行動呢？

8 從書中找出伊凡所寫的幾首詩，並從書中找出伊凡寫詩的步驟，練習用便利貼寫一首簡單有押韻的小詩。

9 第六十二頁開始，有一系列關於押韻的詩，請家人協助或查詢電腦，查查這些詩念出來的聲音，並對照書中「f開頭的字」、「u短音」、「發i長音」，感受念起來的感覺。

10 歐佛頓老師說：「詩表達一種心情，讓它很真實，在當下的那一刻。」關於書中談到的E. E.康明斯的兩首詩、愛蜜莉．狄瑾蓀的詩、〈燕子飛翔〉、〈霧〉、〈數肋骨〉，你最喜歡哪一首？它表達了你曾經有過的什麼心情？

11 潔西是如何怎麼抽絲剝繭、查出糖果和廁所事件的主謀？請從書中列出理由，並按照證據有力的程度，依序排列。

12 請你根據書中的敘述，畫出潔西原本報紙的大概內容，並把自己當成歐佛頓老師，整理幾點理由來說服潔西不要發報。

13 E. E.康明斯的詩告訴我們做事並沒有一定的規則，但學校規定不能帶糖果，潔西認為小孩的快樂比蛀牙重要，每件事情都有兩面的看法，請你就贊成和反對發糖果兩邊，各列出五個理由，最後寫一封信說服對方。

14 如果你是潔西，遵守約定和發報傷害別人只能擇一，說一說為什麼你會放棄辛苦編寫這麼久的報紙、讓這些好點子從此沉埋的原因。

15 觀看潔西最後的報紙版本，想一想，如何兼顧作者意願、不傷害別人、又有勁爆內容，編一份吸引人的班級報紙。如果是你，會選擇那些題材和主題呢？

【奇想三國】用奇想活化經典，揭開三國人物傳奇

★榮登誠品、博客來暢銷榜

★榮登誠品、博客來暢銷榜

★榮登誠品、博客來暢銷榜

★「好書大家讀」入選
★榮登誠品、博客來暢銷榜

優質選書！好書大家讀、中小學優良讀物

★2014開卷好書獎
★日本青少年讀書心得比賽選書

★日本中學生暑期讀書心得推薦書單
★亞馬遜網路書店讀者五顆星好評

【小頭目優瑪】用勇氣與邪惡對抗，以智慧打開成長金鑰

購書及訂閱電子報．天下童書館 www.cwbook.com.tw/kids
親師生三方互動最佳的橋梁．親子天下網站 www.parenting.com.tw

閱讀教學專家提問、導讀，讓孩子「有效閱讀」

樂讀 456
在悅讀中提升思辨力

【樂讀 456】加量升級登場，學思並用，閱讀力再進化！

❶ 精選國小中高年級適讀，去除注音輔助的四萬～六萬字長篇故事。

❷ 因應孩子成長的身心靈轉變，以勵志故事、社會議題小說等，幫助孩子站穩踏入青少年時期的第一步。

「456 讀書會」延請閱讀教育專家設計提問單及學習活動，強化閱讀素養，閱讀寫作力全面UP。

★榮登誠品書店、博客來暢銷榜
★將數學與社會知識生活化，看故事學行銷與法律

【樂讀 456】多元選題，建立廣泛閱讀的能力！

❶ 專為已經建立閱讀習慣的國小中高年級讀者量身打造。

❷ 兩萬到四萬字的中長篇故事，培養孩子的閱讀續航力。

❸ 多元化題材及結構完整的故事內容，擴張孩子探索知識的視野與廣度。

❹「456 讀書會」單元，帶領孩子重溫故事內容，深入思考情節背後隱藏的意涵。

專業選評！中時開卷年度最佳好書獎

樂讀456 074

檸檬水戰爭3：神祕情人節

作者｜賈桂林．戴維斯
繪者｜薛慧瑩
譯者｜趙丕慧

責任編輯｜李幼婷
封面設計｜蕭雅慧
行銷企劃｜葉怡伶

天下雜誌群創辦人｜殷允芃
董事長兼執行長｜何琦瑜
兒童產品事業群
副總經理｜林彥傑
總編輯｜林欣靜
主編｜李幼婷
版權主任｜何晨瑋、黃微真

出版者｜親子天下股份有限公司
地　址｜台北市104建國北路一段96號4樓
電　話｜（02）2509-2800　傳真｜（02）2509-2462
網　址｜www.parenting.com.tw
讀者服務專線｜（02）2662-0332　週一～週五：09:00~17:30
讀者服務傳真｜（02）2662-6048
客服信箱｜parenting@cw.com.tw
法律顧問｜台英國際商務法律事務所．羅明通律師
製版印刷｜中原造像股份有限公司
總經銷｜大和圖書有限公司　電話：（02）8990-2588

出版日期｜2016年7月第一版第一次印行
2022年12月第一版第十二次印行
定價｜280元
書號｜BKKCK011P
ISBN｜978-986-93192-3-2

訂購服務
親子天下 Shopping｜shopping.parenting.com.tw
海外．大量訂購｜parenting@cw.com.tw
書香花園｜台北市建國北路二段6巷11號　電話（02）2506-1635
劃撥帳號｜50331356 親子天下股份有限公司

國家圖書館出版品預行編目（CIP）資料

檸檬水戰爭3：神祕情人節 / 賈桂林．戴維斯（Jacqueline Davies）文；趙丕慧 譯 -- 第一版，-- 臺北市：親子天下，2016.07　208面：17X22公分．–（樂讀456系列）
譯自：The candy smash
ISBN 978-986-93192-3-2（平裝）

874.59　　105008668